バカになったか、日本人　目次

Ⅰ　大震災がやって来た時

Ⅱ　楽しい原発騒動記

バカになったか、日本人

本書は、二〇一四年十二月、集英社より刊行されました。

Ⅰ　大震災がやって来た時

無用な不安はお捨てなさい

一　半病人の視点

なんの因果か、三月十一日の大地震が発生する五カ月ほど前から、私は病人になっていた。四カ月近く入院して、大地震の一月前に退院したが、大地震の五日後にはまた短期で入院する手筈《てはず》になっていた。

私の病気は、毛細血管が炎症を起こしてただれるという面倒なもので、毛細血管に近接する筋肉がダメージを受け、末梢《まつしょう》神経もダメージを受ける。入院したきっかけは脚の痛みだが、退院しても脚の筋肉は劣化しているから、ちょっと歩いただけですぐに歩行困難な痛みがやって来る。手足のしびれが抜けず、足の先なんかは、しびれの靴かブーツを履いているような状態になっている。この病気は免疫系統の病気で、「免疫力が落ちているから感染症に気をつけて、外出の時はマスクを忘れずに」と言われているが、「免疫力の低下」を言われてもよく分からない。それよりも自分の体力が低下していることの方が、ずっとよく分かる。集中力が持続せずに、すぐに眠くなってしまう。一日の半分以上眠っているのは別に珍しくなくて、目を覚まして第一に思うのは、「今の自分はどんな具合なんだ?」で、「だめだ」と思えばまた眠ってしまう。おまけに、心臓の具合もよろしくないと言われている。

だからなんなのかというと、半病人あるいはただの病人である私は、東京でその大地震の揺れに遭遇し、「こんな揺れ方は初めてだ」と思いはしたものの、ただそれだけで「不安」というものをほとんど感じなかった。感じなかったのは、余分な不安を感じるだけの体力がなかったからである。

その日の夕方、私は外で人と会う予定があったので、外出の仕度をしていた。そこに突然、激しい揺れがやって来た。「こんなのは初めてだ」と思い、ベッドに腰を下ろし、ガスの火が止めてあることや、電化製品のスイッチが切ってあることを確認した。揺れは長い。いつもなら「ガタガタッ」であるはずの擬音が「ガチガチッ」と言っている。棚の上の物が揺れてぶつかり合っていることは、音で分かった。いろいろな物が揺れ、目の前にある本棚が揺れている。立って、これを押さえにかかったが、無駄だと思ってすぐにやめた。立って、本やらなにやらで満載の棚を押さえ続けている気力が湧かなかった。

ベッドに座って見ていると、棚からいろんな物が落ちはするが、棚自体は倒れない。

別の棚からなにかが落ちて、ガチャンガチャンと割れている音もする。「こわい」というような気にはならず、「ああ、面倒臭い」と思いながらテレビを点《つ》けた。「面倒臭い」と思うのは、投げ出されて割れた物を片付けなければならないからだ。大体私は、災害の被災地の映像を見ると、すぐに、「あれをどうやって片付けるんだ？」と思う。それをする体力が低下しているから、「面倒臭い」とだけ思う。

点けたテレビの向こうも揺れていて、なんだか知らないが、他人と揺れを共有しているそのことで少しホッとした。地震速報によれば、都内は震度４で、それまでに「どんなに揺れても震度３」というような揺れしか知らなかった私は、「なるほど、あれが震度４か」と思った。棚からいろんな物は落ちたが、棚自体が倒れるということはなかった。それで、東京都内にいた私の地震体験は終わりである。

「東北の方ではすごいことになってしまったらしいが、東京は別になんともなかった」というところからしか、私の大震災の認識は始まらない。東京の震度は、後に震度５の強だか弱に修正されたそうだが、東京のことに関心のない私は、それも知らなかった。「震度４で家具が倒れるということはない。だったら、余震で心配する必要もない」と思い、「震度４」だと思っていたのがそれより上の「震度５」だったりしたらなおさらで、なんの心配がいるんだろう。

やがて「電車が止まっている」というニュースが入る。地震で電車が止まるのは珍しくないから、「あ、そうか」と思う。その日に会う予定の相手からは、「電車が止まっているから止《や》めましょう」の連絡が入る。退院後の私は、一度に二つも三つものことを「しなければ」と思うと、心臓がドキドキして、一休みしなければ先の方針が立たない。とりあえずの予定がキャンセルされて、やるべきことは「部屋の中を片付ける」に絞られた。ノロノロと立って、陶器やガラスの破片を拾い集め、掃除機をかけて、「それほどたいした疲労ではなかったな」と思い、外出のついでに立ち寄るはずだった銀行に行くことにした。

「一日にわずかでも、外へ出て歩く。一日の予定を先に持ち越すと面倒だから、その日の予定はその日の内にこなす」というのがその頃の私の方針だったから、火急の用でもないのに銀行へ行った。そこへ行くまでは、電車の一駅分くらい歩く。その往復が一日の歩行の限度距離だから、リハビリのつもりでもあった。その私の頭の中には、「あの地震で町の中はどうなっているのかな?」と思う気もなかった。

幹線道路と幹線道路がぶつかる交差点には、交通整理の警官が出ていた。「信号が止まっているのかな?」と思ったが、そんなこともない。歩道を行く人の数が妙に多いので「へんだな」と思ったが、その理由が分からない。私の進む方向とは逆方向――つまり都心から遠ざかる方向へと進んで行く人達の表情は妙に明るくて、時刻はまだ午後の四時にはなっていなかったと思うので、私は「みんなでピクニックに行くのかな?」と思った。下手をすれば、手をつないで歩いて行きかねない様子の人達で、深刻さは微塵《みじん》も感じられなかった。とぼけた私の頭は、「そう言えば電車は止まってるんだっけ」と思い出し、「もしかしたら、この一方向で進んでいる人達は、歩いて家に帰る訓練をしているのかもしれない」という見当違いの結論を出した。「訓練」ではなくてただ「帰って行く」だったのだが、そう思っても仕方がないだろう。私の歩く町の中に由々しい気配なんかかけらもない。一カ所だけ、二階の窓ガラスが割れて歩道上に落ちているところがあった。「臨時休業」の札を出している飲食店が一つだけあった。やがては故障を起こす銀行のATMも無事だった。用を済ませて帰ろうとすると、歩道を行く人の数だけが増えていた。さすがの私も、「これは訓練なんかではなく、早めの帰宅の人の列だ」と理解をした。車道もいつか、車で埋まっていた。健康な時だったら、相当の距離を歩いて家に帰らなければならない人達に対して「大変だな」と思いもしたろうが、人のことを思う前に自分の脚が痛んでいるから、そこまでの余裕はなかった。「もっと遠い距離を歩く」と考えただけで、思考は停止してしまうのだ。

二　パニックが分からない

こんな私だから、その後に東京を襲った軽度のパニックのようなものが、よく分からない――というよりも、軽度のパニックに東京が覆われていたらしいということ自体が、よく分からなかった。

まるで空襲の後のようになってしまった東北や関東の被災地に比べれば「被害ゼロ」であるような東京で、なぜパニックが起こるのか？　私には分からない。地震のすぐ後に「計画停電がある（らしい）」という話になって、それで乾電池が品切れ状態になったというのだけは分かるが、その他の物不足騒ぎがまったく分からない。

「大きな余震が来る」と言われて、トイレットペーパーが店頭から姿を消す――その因果関係がまったく分からない。大きな地震の後に大きな余震が来るのは常識だが、本震で震度4だか5だった東京に、人を恐怖させるほどの大きな余震が来るとは思えない。更に、「大地震が来るとトイレットペーパーは必要になる」と考える人の頭の中が分からない。どういう回路でそんなことを考えるのだろうと思いはしたが、それを考えるような体力もない。「バカらしい」と思って考えるのを止めたが、その後に人と会って「すごい揺れでしたねェ」と時候の挨拶のような話をしている内、かなりの人がうっすらとしたパニック状態の中にいるらしいということに気がついた。

私は、自分が冷静だったとは思わない。余分なことを考えて不安がる——それをするだけの体力がないから、結果として「余分なこと」を排除し、冷静であるのと似たような状態になっていただけだと思っている(その状態は今でも続いているけれど)。

私の父親は長患いで、自宅で寝たり起きたりの生活を続けていた。地震の後で「大丈夫かな?」と思って顔を出すと、それから一月ほどで死んでしまう父親は、周りの人間が大騒ぎをしている中で「なにがあったんだ?」という顔でキョトンとしていた。

これはまた別口の話だが、都内に住む子供が大震災の日にたまたま高熱を発して寝ていた。そこへグラグラッと大きな揺れが来たものだから、親が慌てて子供を抱いて避難させようとしたが、当の子供は頑強にいやがった——という話を、その親から聞いた。

私にはその子供の心理がよく分かる。自分の病気状態に集中していなければならない人間は、それ以外のことをしたりやらされたりするのが、すごくいやなのだ。それこそ、そんなことをする体力がない。

大地震の後で病院へ行って、担当医に「地震の時、どうでした?」と言われた。私は、「すごく揺れましたけど、病人で体力がないと不安がる余裕もないんで、結構平気でしたね」と言ったが、担当医は、「そんなことを考えてみたこともない」という顔をして、「そうかもしれない——」と納得した。私なんかより病人に接する機会の多い医者先生だから、なにか思うところはあったのだろう。それで私は、「体力のない病人はパニックに陥る余裕もない」という仮説を、「余分な体力があると、それを余分な不安を掻《か》き立てる方向に使う。困ったもんだ」というところにまで広げてしまった。

私は、自分に体力がないということを自覚していた。いろいろなことを素っ飛ばして物事を簡略化して考えているな、とも思っていた。「多くの人が軽度のパニックに陥っているらしい」と気がついてから自分の頭の中を探ると、「病気以前の自分だったら、もっとゴチャゴチャといろんなことを考えていたな」という気がした。

「冷静になる」ということは、「余分なことを考えない」ということでもあって、「物を考える」ということは、どうも「悲観的になる」ということでもあるらしい。楽観的になるのだったら、「なにも考えない」ということにしておけばいい。本当なら「物を考える」ということは、「悲観的になる方向に進んで、その先ですべてをグイッとねじ曲げて楽観的な方向に戻し直す」ということなんじゃないかと思ってはいるのだが、今の私にそんな体力は到底ないので、「いろいろなことを素っ飛ばして物事を簡略化する」ということに徹している（というか、それしか出来ない）。私はこの方法を「思考のバイパスを使う」と勝手に命名してしまったが、これは非常時に有効な方法だと思う。四カ月に近い入院生活の間に私はこの方法をマスターしたのだが、原発事故のニュースに対してオタオタしないための有効な策にもなった。

原発事故に関して、素人の私はなにも分からない。分かったふりをしてここでなにかを書こうという気にもならない。私が知りたいのは、「大丈夫か？　大丈夫じゃないのか？」ということだけで、多くの人が知りたいのもそのことだろう。だから私は、原発事故のニュースに接する時は、いつもどこかで「注意力散漫」になっている。身を入れて接しても、専門用語だらけの話を頭に入れて、もう一度組み立て直して整理することなんて出来ない。不安になる前に、よく分からないのだ。私が神経を尖《とが》らせるのは、「全然大丈夫で安心出来る状態ではないけれども、まだパニックを起こすような段階ではない」のまま推移しているものが、「やばい」の方向に振れるかどうかだけだ。そして、そういう状況には病院で慣れていた。

「検査の結果が出たけど、よくないね」と、担当医から言われることが何度もあった。「結果はいいんだけど、ちょっと気になるところがあってね」というのも。それで私は、重大な余病を併発したり、発見されたりして入院期間を延長することにもなるのだが、医師の言葉に対して私が返す言葉は、いつでも「あ、そうですか」だけだった。

病人の中には、研究熱心で自分の病気に詳しくなる人もいるが、私は全く逆のタイプで、なんにも知らない病人が無駄なあがき方をしてもしょうがないと思っている。

「闘病」という言葉があるが、病気と闘うのは医者の仕事で、患者のするべきことは、おとなしく医者の言うことを聞いているだけだろうと思う。医者の話は専門用語ばかりだから、いくら丁寧に説明されてもよく分からない。そういうことに頭を使って疲れるのはいやだと、体が言っている。「医者の言うことをおとなしく聞いている」と言いながら。私はその話の七、八割は聞き流している。知りたいのは、「大丈夫か、大丈夫じゃないのか」ということだけで、それが分かれば、後はどうでもいい。余分なことをアレコレ考えたって、体にいいわけはない。専門職というのは信頼によって成り立っているのだから、それでいいのだと思う。困るのは、その専門職への信頼が揺らいだ時だけだ。

原発事故を起こした東京電力の対応のまずさは、誰もが指摘する。事故が起こった直後の東京電力本社での記者会見の様子を見て、「この人達には危機意識がないのか」と思って、東京電力の記者会見を見るのをやめてしまった。見るだけでイライラする。あらぬ方向に頭がさまよいそうになる。しかし、この事故を収束させなければならない立場にあるのは東京電力なのだから、東京電力の言うことを割引いて聞いても、任せるしかない。イライラして、「早くなんとかしろよ！」と言いたくなるが、放射線量のひどい中で作業員が奮闘していることを思うと、それも出来ない。しかし昔の人の言う通り、「もの言わぬは腹ふくるるわざ」なので、おとなしく平静にしているわけにもいかない。

だから私は、原発事故のニュースに接する時には、口の中で「誰がこんなものを作ったんだ」とつぶやくようにしている。そういうガス抜きでもしないと、やってられない。実際に被災地にいる人のあり方を思うと、ただ揺れただけで大した被害のなかった東京の人間が不安がっているのは、おかしいと思う。

あまりこういう考え方はしないみたいだが、今度の大震災の場合、被害対策の司令部であってしかるべき東京が結構な揺れ方をした——それがために、足元の定まらない不安定さで、この大震災を迎えていたような気がして仕方がない。自分の経験した揺れを反芻《はんすう》しながら、被災地の惨憺《さんたん》たる映像を見て、余分な不安を増殖させているような気がするが、そんなことをしていても仕方がない。それだけの体力があるのだったら、この先に登場するであろう更なる困難に備えておいた方が、賢明であろうと思う。

三　第二の戦後が突然やって来た

細かいことはさっぱり分からない私だが、見える限りの大雑把なことは分かる。大地震が起こり、津波がやって来て引いた後の映像を見て、「これは戦争の時の空爆の跡と同じじゃないか」とすぐに思った。東京の電車はすぐに動かなくなり、停電が言われ、福島には原発事故もある。寿司《すし》詰《づ》め列車に停電に放射能となったら、太平洋戦争終結後の日本とおんなじだ。

今更日本の総理大臣の悪口を言ってもしょうがないとは思うが、大震災後国民へ向けてのメッセージの中で、菅直人はこの大震災を「戦後最大の危機」というような言い方をした。細かいことは忘れたが、菅直人が二〇一一年の三月十一日に起こった東日本大震災を「戦後」という時代区分の中の出来事として据えていることは明らかだった。「環太平洋ナントカ」のＴＰＰへ参加して自由貿易を進めることを「第二の開国」と言う人が、相変わらず「戦後」という枠組みに縛られていることに、少しばかりあきれた。どう見ても今度の大震災は「戦争の後」だ。本州の三分の一の地域の太平洋岸が壊滅状態になっている。「本州の六分の一が壊滅的被害」というのは、とんでもないことだ。我々はもう一度「戦後の復興」ということを考えなければならない。そしてそれは、かつての「復興」に比べて、より困難なものになる可能性が十分にある。

体調を崩して入院してしまった社長に代わって会見の席に現れた東京電力の会長が、「福島第一原発を廃炉にする」と言明したのは、大震災発生から三週間近くがたとうとする頃だった。それを知って私は、「ということは、今まで〝廃炉にする〟という明確な方針を持たずにいたわけ？」と、またしても東京電力のあり方にあきれた。

「福島の第一原子力発電所が津波の被害を受けて異常事態に陥った」と聞いた瞬間、私は「じゃ、廃炉にするしかないじゃないか」と思った。

一度致命的なダメージを受けた原発を再稼働させるなんていう危険なことを、誰もOKしないだろう。当然この原発は廃炉にするしかない。「廃炉にする」と言ったって、廃炉になった原発をそう簡単に「撤去出来ました」ということにはならない。原発の持つ厄介さが丸見えになってしまった。

福島の原発からの電気がストップしただけで、首都圏には大規模停電の危険性が生まれる。それを回避するために計画停電が行われ、これがあまりにも不便で不公平すぎるからという理由で中止になって、節電が呼びかけられるようになったが、この電力不足の状況は、福島の第一原発が復活しない以上、永遠に続く可能性がある。

この電力不足を解消するために新しい原子力発電所を造ると言って、どこの地域の住民が賛成するだろうか。堤防を乗り越えて来る大津波に対しては、まだしも「逃げる」という手段があるが、異常事態に陥った原発は「逃げる」だけではすまない。人間の手で、これを「収束させる」ということが必要になって、これがどれほど厄介で時間がかかるかということは、現在進行形で続いている。

幸か不幸か、稼働中の原発を「止めろ」という声はそんなに大きくないらしい。「仕方がないから現状を容認する」ということなんだろうが、しかし、「この地に新しく原発を造る」と言われて、その地域住民が賛成するとは到底思えない。さんざっぱら「安全だ」が言われて、無条件で「安全だ」を引き受けさせられて来たこれまでは、もう覆されている。二酸化炭素を排出する火力発電所の増設も望めない。水力発電も、それが利用出来る日本の川はほとんど利用し尽されているというから、こちらの出力アップも望めない。太陽光発電や風力発電の自然エネルギーの利用がどれほど進むのかは、分からない。下手な心配をしすぎているのかもしれないが、自然エネルギーを発電に利用することが軌道に乗ったとしても、それで「電気をバンバン使え、需要をいくら増やしてもいい」ということにはならないだろうと思われる。今度の復興のむずかしさはそこにあるのだと思う。

太平洋戦争後の日本の復興は、ある意味で単純だった。戦争中の長い耐乏生活があって、廃墟《はいきょ》の戦後がやって来た。足りないものを作り出し、増やす——この一直線の道筋を辿《たど》って、日本は廃墟から復興し、繁栄へと至った。しかし、今度の復興はそんなに単純なものではない。繁栄を達成してしまった後の飽和状態——それが下り坂になっているところからスタートする。「復興の目標となるのは、どのレベルか」ということを考えなければならない。そしてこの「復興」は、被災地だけの問題ではない。「日本全体の再構成」を頭に置いた上での復興でなければならないはずだ。その意味で私は、今度の東日本大震災を、太平洋戦争後から始まる「戦後」という既定の枠組みの中に収まるものとは思わない。その「戦後復興神話」から訣別《けつべつ》した、新しい時代区分の始まりと位置付けない限り、どうにもならないものだと思う。その点で、今度の東日本大震災は、十六年前に起こった阪神淡路大震災とも違った性質のものだと思う。

一九九五年の一月に起こった阪神淡路大震災は、「バブルがはじけた」と言われてから数年後の災害だった。「右肩上がりの経済成長はもうない」ということを、どれだけの人が呑《の》み込んでいたかは分からない。しかもこの災害は、大都市神戸を中心とする都市の災害でもあった。「他の都市が健在である中で、神戸だけが転落してよいものか」という思いが、復興へのモチベーションとしてはあったはずだ。こういう言い方をしてもいいのかどうかは分からないが、だからこそ、神戸は簡単に甦《よみがえ》った。「この際、都市計画の進まない地域はさっさと取り壊して――」というような形で、神戸の町は再生した。「どういう形で再生するのか」ということに関して、面倒な議論は必要なかったと思う。それは「以前のように」であって、「以前以上に」であったはずだ。それから十六年、もう状況は違っている。

阪神淡路大震災は都市の災害でもあったが、その後に新潟県を襲った中越地震は、地方の過疎地の災害だった。阪神淡路大震災の時、既に「都市に住む独居老人の孤独」が問題になっていた。老人達がそこに混在していた地域のコミュニティが地震によって崩れ、老人達はバラバラになった。独居老人の多くが孤独のままに投げ出され、仮設住宅の中で孤独死をした人が幾人もいた。一人暮らしの老人が災害にあって住む家を失ったら、その後の再建はむずかしい。その難問を抱えたまま十六年がたって、日本の高齢化は更に進んだ。過疎地が大災害に襲われたら、その集落そのものが消滅してしまうかもしれない危機になるということを告げたのが、中越地震だった。

　異常気象のせいもあって、その後も自然災害が日本の地方に起こった。もう忘れてしまったかもしれないが、三月に大地震が起こる前の今年の冬は、異様に雪が多かった。しかも、豪雪地帯と言われるようなところではない場所で、雪が異様に降った。その雪降ろしの困難で、一人住まいの老人達は音を上げていた。

　地方に一人暮らしの老人が多くなるのは、「この地では食って行けない」と思う若い人間が出て行ってしまうからだ。その結果、農業を始めとする日本の第一次産業は高齢者が支えている――だからこそなのかもしれない、「そんなものは切り捨てて、日本は工業製品の輸出で生き延びるのだ。ＴＰＰに参加するのだ」という発想に、簡単に傾いてしまう。でも、それを可能にする電力というエネルギーは、もうそう簡単に手に入らないのだ。

新潟の信濃川にある発電所は、「それで東京の山手線の電車を動かしている」と言われているが、ＪＲ東日本は信濃川の水を契約以上に採取していることがバレて、行政処分を受けた。かつては鮭《さけ》が溯上《そじょう》したと言われる信濃川に水がなく、砂利だらけの河原になっているのを見ると、「そうまでして東京に電気を送る必要はあるのかな」と思う。「東京に電気を送っているだけでこんな被害に遭うなんて」という、原発事故で避難を強いられた地域住民の声は、福島だけのものではないのかもしれないのだ。

こういう考え方はあまりしないかもしれないが、原発事故の避難地域の問題で繰り返される「半径二十キロメートル圏内」だが、東京の日本橋辺りにコンパスの針を刺して半径二十キロメートルの円を描くと、東京二十三区はその中にすっぽり収まってしまう。「半径二十キロメートル圏内」というのは、その程度の広さであり狭さであり、そんなところに日本の人口の十分の一近くが集まっているのが東京だ。大震災が起こってすぐに、統一地方選の公示があった。そんなもの、知事や市長、議員の任期を一年延長して、翌年回しにすればいいと思った。候補者が思いつきで防災対策なんかを口にしたって誰が信用するものか。一年間の猶予期間を置いて、その間に候補者たちに「この先どうすればいいのか？」の勉強をしておいてもらいたいと思った。「東京を防災都市に！」などと言ったって、そんなことはどう考えたって無理で、東京を防災都市にしたかったら、まず東京都の人口を各地に分散して減らすことを考えるべきだ。

都市が進化の象徴で、文明発展のバロメーターであるような時代はもう終わった。そういうことは、中国とかドバイに任せておけばいいのだ。東日本大震災の復興は、今までぞんざいに扱われて来た地方の、第一次産業を基盤とする地帯の、高齢化が進み、不景気が深刻でもあるような地域の復興で、今までの復興とは質が違うのだ。

太平洋戦争で、米軍の空襲は都市を狙った。都市は焼け野原になったけれど、農村や漁村地帯は無傷に近かった。大正時代の関東大震災もそうだったが、「焦土からの復興」というのは、都市に関するものだった。都市以外の地域は、なんとなく「無傷」のように思われて、そのままに放置されて衰弱して行った。東日本大震災の復興は、あまり我々の経験したことのない「地方の復興」なのだ。こんな言い方をすればいやがる人はいくらでもいるだろうが、復興に要する資金をいくら投入しても、ペイするかどうか分からない地域の復興なのだ。

そうした地域の復興を、おそらく国は、これまで本気になって考えなかった。補助金を投入する、あるいは原発を造って助成金を与えるというようなことをした。そういうことをしても無駄だということは、もうはっきりしている。「地方は地方で生きて行ける」――このあり方を前提に置いて「日本全体の再構成」を頭に入れてからでないと、今度の大震災からの復興はナンセンスなものになってしまうと思う。

地方が不景気で泣かないように、第一次産業を中心とした産業の活性化を図る。高齢化と過疎で地域が衰弱しないように、若い人間の定住が可能になるようにする。言ってみれば、これだけの簡単なことなのだが、既存のあり方をベースにして考えているだけでは、たかがこれだけのことが実行出来ない。「それはどうすれば可能になるのだろうか？」ということを、村おこし、地域おこしのレベルで考えてもどうにもならない——それを考えることはもちろん必要だが、「日本全体の再構成」という大きな考え方がなかったら無理だろう。だから、「中央からの声は必要だが、中央集権のあり方は、棚上げあるいは解体される」という矛盾したことが必要になる。そしてこのことは、もう文化レベルでは実現されつつあるようにも思う。

最早《もはや》、日本の文化に「中心」はない。どこへ行っても似たりよったりで、ローカリティというものを感じさせてくれるところはほとんどない。それに対して私は、「共和制というのはつまらないものだ」と思うが、そこに暮らす多くの人達は、それで満足しているらしい。経済的な格差というものはあるのかもしれないが、「文化的な格差」というようなものはもうないのも同然だ。「中央だからすぐれている。辺境だからだめ」というような中央集権は、生活文化のレベルではもう無意味になっている。だったらいっそ、

「地方は地方でそれぞれに」という解き放ち方をしてしまった方がいいと思う。現に、東日本大震災ではそうなっていた。

　あきれることに、これだけ大きな災害であるにもかかわらず、「国の顔」がまったく見えなかった。たまには顔を出しても、あまり役に立つようなことをしたり言ったりしているようには思えない。その代わり、被災した自治体の首長以下は大奮闘だ。役所の職員から自衛隊員、ＮＰＯ関係のボランティアから、福島第一原発の作業員、原発に冷却水の放出作業を行った東京消防庁のメンバーを始めとして、現場にいる人間は頑張りづめだ。でも、上の方にいる人間は、なにもしない——なにをしているのかさっぱり分からない。していることが意味があることなのかどうかも分からない。地方分権はもう現実のものとして動き始めて、中央政府はその足を引っ張ったり激怒させるような形でしか姿を現さないように思える。

　またしてもで唐突だが、私が長い入院生活を始めることになったのは、中国漁船が尖《せん》閣《かく》諸島の日本領海内で逮捕され、日本の政治が無能状態をさらけ出してしまった昨年の九月だった。それからはゴタゴタ続きで、病床の私は「もう知らねェよ。こっちにはそんなこと考える体力がないし」であきれていた。イライラするというのなら、その政治状況に付き合わされることほどのイライラはない。

問題は「菅辞めろ」ですむことではない。「菅が総理大臣を辞めて、その後に誰がなる?」の答がない。「民主党はだめだ」が分かりきっていて、「じゃどの政党なら任せられるのか?」になると、その答は「ない」なのだと私は思っている。いつの間にか、そういうことになってしまっていた。戦争が終わって、その後に国政を担当する能力がなかったから内閣がコロコロと何度も変わった——そういう戦後状況と似ているとしか思えない。軍国主義の下で生きていた政治家に、その後の「民主国家日本」の運営は無理だったのだ。

統一地方選挙なんかよりも、私は総選挙というものをやった方がいいと思う。戦後の焼け跡の中で、日本人は「新しい政治家を選び出す」ということをやったのだ。その結果が玉石混淆《ぎょくせきこんこう》だったとしても、我々はもう一度、本当に日本の国のあり方を考え直すために、政治家を選び直すべきだと思う。そして長い時間をかけて、政治家を育てて行くべきだと思う。もちろん、議員の定数を大幅に減らして。議員を称する無意味な連中が「なんとか下ろし」のためだけに動き回るなんてまっぴらだ。日本がそんなことをしている状況にはないということぐらい、簡単に分かるだろうに。

日本は困難な道に立たされている。「工業立国」でありながら、電力の供給量が他国に比べて不足している——それだけで経済レースに負ける公算大でもある。「工業立国」でありながら、農業、漁業に力を入れる。割安の輸入品に頼らず、割高であっても、被災地の食品を消費する——それが復興の手段だと言われて、反対する人間はいないだろう。「復興支援の義援金込みで割高になっています」でいいじゃないかと思う。東日本大震災の復興構想会議という悠長な名前の諮問機関は、「なにをどうする」の前に、まず「復興資金はどうするか」を考えて、増税というプランを打ち出そうとした。目の前に大惨事が広がっているというのに、まず金の計算をするなんていうことは、ありうるんだろうか？　もういい加減、なにかというと「経済」でソロバンをはじくのはやめないか。

日本の困難というのは、二酸化炭素の排出量を減らし、原発を造って電力の供給量を増やすということもせず、それでも「工業国」として成り立っていて、第一次産業とのバランスが取れていて、国土が疲弊せずにあるという、近代以降、世界のどこの国でもやったことがないことを実現させる——それ以外に復興の道はないということだ。

東日本大震災が起こって、日本は瞬間的に鎖国状態になった。「外国と比べて我が国は——」という考え方をしないですむというのは、どれほど楽なことかと、私なんかは実感した。日本はこの先、世界経済の足を引っ張ることになるかもしれない。「それでもいいじゃないか」と私なんかは思う。なにしろ、「日本を応援する」と言いながら、その一方で外国人は、さっさと日本を脱出しちゃうんだから。大変な国内状況と向き合わなきゃいけない日本に、「世界経済に貢献する」なんていう役割を押しつけないでほしい。リーマンショック以後の世界経済がまともかどうかという保証なんか、どこにもないんだから。

「外国のことなんか考える余裕はない。日本の国内を立て直す。格差というものを減らし、不安というものを軽減するような社会を作るのに手一杯で、それが悪いこととは思えない」と、世界に向けて公言してしまった方がいいんじゃないかと思う。そうしないと、救われない人達はいっぱいいるはずだと思う。

大雑把なことなら見るだけですぐに分かる

『無用な不安はお捨てなさい』という文章は、複数の書き手による『復興の精神』（新潮新書）のために書かれたものです。書いたのは、東日本大震災の起こった翌月、二〇一一年四月の下旬です。本当は三月中に書かなければいけなかったのですが、文中にもあるように私の体力がなくてフラフラで、おまけに四月になって父親が死んでしまったりすることもあったので、書くのが一カ月ほど遅れてしまいました。

「なにを書いたらいいか?」と思って書くのが遅くなったわけじゃありません。原発事故の映像を見た瞬間に「もう日本は変わるしかないじゃないか」と思って、書くべき内容のあらかたは分かっていました。『無用な不安はお捨てなさい』の半分以上を占める「三　第二の戦後が突然やって来た」の部分は、震災発生の当日にほぼ頭に浮かんでいましたから、体力問題を別にすればさっさと書けなくもなかったのですが、私としては、それをあまり重要な問題だとは思っていませんでした。言ってしまえば、「そうに決まってるじゃないか」で、「そう考えるしかないんだから、誰だってそう考えるだろう」という種類の「ありふれた答」でした。

事実、大震災の後——一年後だったか二年後だったか忘れましたが、経済産業省の官僚が自身のブログに「東北の復興なんか無駄だからやめてしまえ」という趣旨のことを書いて、ゴーゴーたる非難を受けました。「第二の戦後が突然やって来た」で書いた通り、津波の被害を受けた岩手県や宮城県の沿岸部は、過疎と高齢化が進んだ「復興に要する資金をいくら投入しても、ペイするかどうか分からない地域」です。経済成長を第一に考える経済産業省の官僚なら、「魚獲《と》ってるジーさん達のことなんかどうでもいいじゃないか！　東北の復興なんかやめちまえ！」と言いたくなるようなところで、だから実際そう言ってしまったのでしょうが、国の切り盛りをする官僚だったら、言うべきことはもっと違っていてしかるべきだったと思いますがね。イライラを黙って我慢して「公《おおやけ》」なることをするのが官の僚《なかま》でしょうに。

東日本大震災発生から三年以上がたった二〇一四年になって、総理大臣の安倍晋三は「地方創生」とか「再生」というようなことを言い出して、幹事長をそのための専任大臣に据えたけれど、むずかしいでしょうね。日本の「地方」と言われるところは、農業を始めとして「自然」を相手にする産業で成り立っているところだから、いくらでも勝手に増産が出来る工業製品とは違って、生産効率がよくない。しかも山がちの日本は傾斜地が多くて、農業生産をそうそう大規模にやれない。だから、農業人口は流出し続けて、「農業を保護しなければならない」として米価を高く設定し続けた。選挙対策として不当に地方が持ち上げられて、日本人は米を食わなくなった。そんな因果関係は一例で、「地方再生」などということは、戦後の日本社会のあり方を引っ繰り返すようなことをしなければ出来るはずはない。

二〇一四年になっていきなり「地方の再生を！」なんて言ったって手遅れすぎる。日本の経済は「東北の復興なんて無駄！」という本音を持つ官僚によって仕切られている。経済産業省が関心を持つのは、「都市」や「都市に貢献する可能性を持つところ」だけで、「地方」というところはその関心外にある。「地方」を管轄するのは農林水産省で、経済産業省からすれば、「あそこは国に利益をもたらすより、国から補助金を引き出すだけのところだ」になってしまう。経済産業省にすれば、「東北の復興なんか無駄だ」を通り越して、「貧乏な地方なんかみんななくなってしまえばいい！」なんじゃないかと、私は邪推します。

経済成長を第一に考える人達は、「ぺイしない地方のことなんかどうでもいいじゃないか」になってしまうし、都市に住んでそれほど生活に満足していない人達だって、「田舎に金をやるくらいなら、俺達をなんとかしろよ」と思う。既に東京への一極集中が顕著になっているのなら、「富を地方に分散する」もむずかしいでしょう。バブルの時代にそれはやったけれど、「地方」は再生しなかったし、今やそれをやる余分な金もない。

「地方を都市化すればその再生は可能になる」というのは今や寝言みたいなもので、「じゃ、それ以外の地方再生の道は？」というと、とんと分からない。「地方に住んで、リスクがないわけでもないけれど、それなりに生活が出来ているからかまわない」という考えを広めて、東京に代表される都市のレベルを基準に考えることから離れて、「地方」を基準にして都市のあり方を考え直すことしかないいんじゃないかとしか、私には思えません。

既に経済成長との関連で「地方」を考える時代でもないと思うのは、地球温暖化の影響で異常気象が頻発し、極端な自然災害が発生しているからです。「自然災害」だから、それは人工の要塞化した都市よりも、自然の占める割合の多い過疎と高齢化の進む「地方」で起こる率の方が高い。

東日本大震災は、直接には地球温暖化と関係のない災害であるはずだけれど、過疎と高齢化の進む地域を襲った自然災害ではある。だからこそ「効率重視」の人は「ペイしない東北の復興なんか無駄だ」と言い、その先は言わないけれど、それはつまり「そんな所に住むな」ということにしかならない。そんなことを言ったら大変なことになるのが分かっているから口が裂けても言わないけれど、TPPの問題で、農産物の輸入を完全に自由化したら、日本の農業が壊滅的被害を受けることは分かっている。「そんなことはない。日本の農業は強い」と言ったって、壊滅状態になってしまった後ではなんの説得力も持たない。

二〇一一年の東日本大震災は、「日本がTPP交渉に臨むかどうか」という決断を迫られているような時に起きた。東日本大震災の大津波と、日本の農業を壊滅させる可能性のあるTPPを重ねて考える人はそんなにいないだろうけれど、東日本大震災の被害は「TPPに参加して失敗した日本の未来図」に近いものがある。そこに、「経済成長のためにはペイしない地方なんか切り捨ててしまえばいい」という考え方がある限りは、同じものですね。

二〇一四年になって、「このまま過疎と高齢化が進むと、近い将来に消滅してしまう自治体がいくらでも出て来る」というデータがかなり明確に出された。「そんなことは分かってるじゃないか」と思うのは、その以前既に「限界集落」という言葉が存在しているからだ。「限界集落」というのは、「このままだと将来消滅してしまう集落」なのだから。

「やたらの自治体が消滅してしまう」ということは、「地方復興」やら「地方再生」の専任大臣を作るほどの大変なことらしい。でもそんなことは、「限界集落」という言葉が登場した時に分かっていて、「その言葉が登場しかねないその以前」にも分かっている。

その地に人が住まなくなるのは、「その地に住んでもメリットがない」と人が思った結果で、そういう「ペイしない地方」を復興させるのだとしたら、それだけで「復興」の意味が変わる。

それは、「ペイしない地方を維持して存在させる」で、その理由は「維持させることに意味があるから」だろう。一体、ペイしない自然災害に見舞われる可能性が高い地域を維持存続させることに、どんな意味があるのだろう？　それはたとえば「防人《さきもり》」のようなもので、その地を守るために人が住むのだ。なにから守るのかと言えば、もちろん「自然災害から守る」で、そこに人が住んでいればこそ「復興」が必要になる。

そこに人が住んでいるということは、「国土を荒廃から守る」ということでもあって、「地方を切り捨てない」ということは、本来的な意味での「国土防衛」なのだ。

「地方に必要なのは、防人とか屯田兵という復興の尖兵だよな」ということは、大震災の起こる何年も前から感じてはいた。感じるだけでまとまってはいなかったことが、大震災の映像を見て一つになった。「原発は温室効果ガスの排出削減に有効なクリーンエネルギー」という経済成長促進派の説は、福島の原発事故で簡単に覆った。「だったらどうするんだ？」は、もう簡単に分かるようなことだろうけれど——。

大雑把な分かり方なら、「見ればすぐに分かるようなもの」を見れば、すぐに分かる。でもだからと言って、世の中がその方向で進むとは限らない。世の中を作っているのは「様々な人間」で、その「様々な人間達」はそれぞれに違うことを考えている。だから、経済成長促進派は「それでも——」という簡単な接続詞一つで原発の再稼働を考えるし、なにも考えない人は、なにがあってもピンと来ない。簡単に把握出来る「全体のあり方」より、私にとっては「個別の人間のあり方」の方が重要だ。それで、「大震災のことを書け」という依頼が来た時、私は『無用な不安はお捨てなさい』という、のんきなタイトルを考えた。

その頃の私は体力がなくてボーッとしていたから、「パニックが分からない」はホントだった。それは「なぜそんなバカげたことをするのか分からない」で、多くの人がバカげたことをしていることだけは分かっていた。

東京が揺れた翌日、「計画停電があるかもしれないから」というので、私はリハビリを兼ねて乾電池を買いに出掛けた。SM趣味とは無関係に、私の部屋には和ローソクが一杯ある。仕事関係で使ったものの余りだが、普通の洋ローソクに比べて和ローソクは燭台《しょくだい》なしでは立てにくい。「停電になってもローソクがあるからいいか」と思っていたが、これが火を付けた後で倒れでもしたら火事になる。大型の懐中電灯ならあるが、出してスイッチを入れたら、中の電池が切れていた。それで、リハビリついでに近くのコンビニに行ったら、電池がない。私のぼけた頭はただ「売り切れか」と思うだけで、他人も自分と似たようなことをしているその結果だとは思わない。それで、ちょっと離れたスーパーまで行った。

そこでもやっぱり電池がない。私がほしかったのは単一の電池だったのだが、単三の電池がわずかに残っているのみで、単一の電池が見事にない。それでさすがの私も、「みんな懐中電灯用の電池を必要として買いに来たのか?」とは思うが、出ようとしてとんでもない光景に出くわす。中高年の夫婦と思《おぼ》しきカップルが、スーパーの二段構造のショッピングカート一杯に大きなペットボトルの水を積んで出て来て、自分達のワンボックスカーに積み込んでいる。私には「バカがやること」としか思えなかった。前日に激しく揺れた東京で、断水なんか起こっていない。私のいたところ辺りでは、明確に「何事もない」。辺りの風景はいつもとおんなじで、バカな夫婦者だけがわけの分からないことを、嬉々《きき》としてやっている。別に、パニックを起こした人々が大慌てで走り回っているわけではない。それで私は、一九七〇年代の昔のオイルショックのことを思い出した。

中東戦争の影響で「日本には石油が入って来なくなる」と言われて、どこかの頭のいいバカ者が「そうなると日本では洗剤やトイレットペーパーが足りなくなる」と言ったらしくて、見事に店頭から洗剤やトイレットペーパーが消えた。その頃に私は用事があって、近所の薬局へ買物に行った。そうしたらレジにいた顔見知りのパートのおばさんが、小声で「あんた、洗剤とかトイレットペーパーあるの?　いるんだったらあるわよ」と囁《ささや》いた。私はまだ「人当たりのいい若者」の外見をしていたのでそんなことも言われたが、「あるからいらない」と言って断った。その時以来、パニックというのは穏やかな日当たりのいい日に静かに起こって、しかもそれは「嘘《うそ》」であるようなものだと理解をしている。

しかし二〇一一年の私は、もう「電池いるんだったらあるわよ」と言ってもらえる人当たりのいい若者ではない。おまけに頭がボーッとして「目的に向かって歩く」という単純なことしか出来なくなっている。「電池が売ってなかったらどうするんだ?」と考える頭もなく、「隣の駅のスーパーに行けば売ってるかもしれない」と思って、フラフラと電車に乗った。この時点でもう「乾電池は必要だ」という考えはなくなっている。頭がアホになって、「なぜかは分からないが乾電池を買う」だけで動いている。

そして、隣の駅の大きなスーパーに行った。見たらやっぱり電池はなかった。「あれま——」と思って、そのスーパーの近くに「町の電器屋さん」があることに気がついた。なんの疑いもなくそこへ行ったら、単一でも単三でも、電池はいくらでも売っていた。さすがに商売人のことで、「この状況なら電池は売れるだろう」と考えて、店に入ってすぐのところに大々的に並べられていたが、それでも電池は十分に売れ残っていた。だから、「人は勝手に手近なところで決着をつけようとして、愚かな騒ぎを起こすもんだな」と思った。後で聞いたら、その頃にはスーパーやコンビニの棚から、パンの類も姿を消してしまったんだそうな。「なんてバカな」としか、私には思えない。

『無用な不安はお捨てなさい』という文章を書き始めたのは、既に言ったように、大震災発生から一月以上が過ぎた頃だった。東北の惨状は相変わらずだが、さしたる被害の起こらなかった東京の人間達は、もう「あの日の騒ぎ」を忘れているだろうと思って、まずは「忘れられた東京のパニック騒ぎ」を書こうとした。書こうとして書ききれなかったので、ここに追加でもう一つ書いておく。

私があきれたのは、福島第一原発の事故が起こって、東京から逃げ出した人達がいくらでもいたことだ。当時の風は、北から北西にかけて吹いて、事故を起こした原発の放射性物質は、風上である東京にそんなにというか、ほとんど流れて来ない。テレビのニュースを見れば、風向きと放射性物質の飛散状況のあらましは分かるはずなのに、それでも「東京は危ない！」として、関西方面や更には外国にまで高飛びしてしまった人達の胸の内が分からない。高飛びはしないまでも、高飛びを考えた人の胸の内が分からない。東京電力の福島原発は、東京に送るための電気を作っているんだから、東京の人間は福島県に放射性物質を飛散させた事故の「共犯」になる。それで逃げたら、被害に遭った福島県の人達に申し訳ないだろうが。

でも、「自分も共犯だ」と思わずに、自分の経験した揺れを反芻しながら、遠い被災地の惨憺たる映像を見て、不安感を増殖させている。そういう人が多いと聞いて、「不安になるだけの体力があるんなら、現地にボランティアへ行ったら?」と私は言った。遠いところにいれば不要な不安感を募らせるだけだが、現場に行ってしまえばやること山積で不安がっている暇なんかない。そう思って、「不安がってる人間はボランティアに行けばいい」と言った。実際に「ボランティアに行って立ち直った人」というものがいたことも知った。「机上の空論なんかだめだよね」と、その机上の空論を書いてる人に言われりゃ、世話はない。

「不安だからさっさと忘れたい」という心理があるのは分かるが、忘れる前に「覚えておかなきゃいけないこと」だってあると思う。一カ月後でも、忘れる人はさっさと忘れてしまっただろうし、二年も三年もたったら「もう忘れた」の人は増えるだろう。被災地の復興は遅々として進まなくて、そうなると「もう覚えていたくない」と思う人も増えて来る。二〇二〇年の東京オリンピックは、「忘れてしまいたい人」にとって、恰好《かっこう》の「未来の目標」だろう。「いつまでも過去にとらわれているのはよくない。未来に目を向けなければ」ということを、今の日本で本気になって言えるんだろうか? 言うんだろうか? 今の日本は、「ないことにしていた過去」が鎌首をもたげていて、だからこそ「無用な不安」を捨てて、立ち向かうべきものに立ち向かうしかないんじゃないかと思います。

というわけで、ここまでは『無用な不安はお捨てなさい』の補遺のようなものです。その程度の書き残しはあって、でも、『無用な不安はお捨てなさい』を書いた私は、東日本大震災のことを分かったとは思わなかった。私が分かったのは、あくまでも「見える限りの大雑把なこと」で、もっと肝心なことが分かっていなかった。そのことだけははっきりと分かっていた。私が分かっていなかったのは、大震災の被害に遭った人達の胸の内で、それが共有されなければ「分かった」にはならない。実のところ、人の胸の内を分かることが一番体力のいることで、震災発生当時の私にはそんなことが出来なかった。「自分はまだ分かっていない」という気持だけあって、だから東日本大震災が起こって二年目が近づいた時、当時連載を持っていた「一冊の本」誌にこういう文章を書きました——。

時間の流れについて

東日本大震災から二年がたった。一年前は頭がボーッとしていて、その一年前も同様だった。めんどくさい病気で入院していて、退院のちょうど一カ月後に東日本大震災が起こった。瞬間的に「すごいことが起こった」と理解はしたけれど、根本のところで頭がボーッとしていたので、その理解からなにか大事なことが抜けていた。なにが抜けているのかは分からなかったけれど、なにかが抜けていることだけは分かっていた。二年目が近づいて来て、なにが抜けていたのかは分かったような気がした。その一つは記憶の問題で、もう一つは時間に関することだった。

大震災から二周年が近づいて、各テレビ局は特別番組を用意する。被災地の映像と「風化させるな」の声が結びついて、でも私は「それは無理だな」と思った。被災地に大震災の傷跡はまだ公然と残っている。それがなくならなければ復興ということにはならない。そして、津波というものはまたやって来るものだから、「大震災の記憶を風化させてはならない」ということだが、しかしこれだけだったら「津波被害が及ばない地域」にはあまり関係がない。福島の原発事故なんかは、さっさと風化させたい人がいくらでもいる。事故の記憶が風化しなければ、原発の再稼働は起こらないから。それを「他人事」にして事故の記憶を風化させても、放射性物質はまだ存在して「危険」を告げているはずだけれど。

復興が進むということは、被害の痕跡をなくして行くことでもあるだろうけれど、「大震災の記憶を風化させるな」というのは、もっと複雑な意味を持っているように思う。たとえば、大津波にすべてを持って行かれてなにもなくなった平らな土地にビルの骨組だけが残っているのを見て、被災地の外から来た人間が「すごい――」と言っても、それはその土地に暮らして来た人の目に見えるものとは違うだろう。

津波の水が引いた時から、土地の人達は「被害の惨状」と同時に、「被害に遭わずにいて無事だった時の土地の姿」を見る。震災前の土地の姿を知らなければ、そのような見方をすることは出来ない。その土地の人達の記憶を蓄積していた町が丸ごと消滅してしまう。人は、被害の惨状を見るのと同時に、町が蓄えていてくれた記憶を見る。記憶だけは残って、しかしもうその記憶がなんの役にも立たない。それをするつもりもなかったのに、切れ目なく続いていた時間が突然断ち切られて、それまでの時間が無理矢理「思い出」としか言いようのないものに変えられてしまう。風化させてならないのは、その「くやしさ」だろう。

悲しい前にくやしい。悲しんだ後でもくやしい。なぜくやしいのかと言えば、それが「どうにもならなかったこと」だから。そのどうにもならない状況を、日本人は「無常」という言葉で処理して来た。どうにもならない状況の前に膝を屈して「無常」という言葉が救ってくれたわけではないけれど、立ち直るきっかけだけは与えてくれた。どうしてかと言えば、「無常」という認識が、「それはお前のせいではない」と教えてくれて、「誰もが出遭うような悲劇の一つだから嘆くな」と言ってくれるからだろうと思う。「無常」はなにも救わない。しかし「無常」は、一人の人間の中に留《とど》まったまま害をなす「悲しみ」を外に押し出してくれる。「それはあんただけじゃない。みんなそうだ」と言って。「大震災の記憶を風化させるな」というのは、「そのくやしさ、悲しさを心の奥で共有しよう」ということではないのかと、私は思う。

被災地の惨状だけを見て、かつてそこにあった風景を想像するのはむずかしい。だから、「すごい惨状」を見ても「すごい惨状だ」で終わってしまう。それだけが記憶に残っても、たいした意味はない。記憶を支える根っこが失われているから。「惨状」になる前に、おだやかで美しい「現実」があった。その「現実」が「惨状」に変わってしまうくやしさが、実は「風化出来ない記憶」なんじゃないかと思う。

いつの間にか日本人は、そのくやしさを共有することを忘れてしまった。「どうにもならないこと」に襲われて、それを「無常だ」ですませていてもどうにもならない。そこから立ち上がるモチベーションは、やはり「くやしい」という感情だろう。日本人の前向きさを下から支えていたのは「くやしい」という感情だと私は思っていて、その「くやしさ」を育むような不条理の中で日本人は生きて来た。そして「くやしいと思うことは当たり前である」という認識も育てて来たんだろうと思う。

「くやしい」という思いはそう簡単に消えない。そして、くやしがっているだけではなんにもならない。「くやしさ」から脱することが出来るようななにかをしなければならない。くやしさから脱して、でもくやしさを忘れないというかなり複雑なことをして、それが当たり前のあり方であったはずなのに、いつの間にか忘れられてしまったような気がする。

十八年前の阪神淡路大震災のことは、いつの間にか忘れられている。壊滅状態だった神戸は、「さっさと」と言いたいくらいのスピードで復興してしまった。失ったものを抱えてくやしさと共に生きていた人達もいたはずだが、もしかしたらそれは、どこかに葬られてしまったのかもしれない。

復興を遂げて「新しい街」になってしまった神戸を、私はあまり好きになれない。「さっさと復興できる財力」を見せつけられたような気がする。でも、そういう豊かな時代は終わってしまったのだ。そのことを後ろからせっつくように、東北地方の復興には莫大《ばくだい》な費用と人の力が必要となる。

東日本大震災を引き起こしたのは「千年に一度の大地震」だと言う。そして、東日本大震災の後には「まだ大地震は起こる」が当たり前に言われている。それで不安になる前に、過去を振り返ったらどうだろう。日本には何度も何度も大地震が起こっている。「大変な被害があった」は分かるけれど、それがどのくらいの時間をかけて復興したのかはよく分からない。江戸時代に富士山が噴火して、火山灰の類が降り積もった山麓地帯の農地を、再び農地として復活させるのに、七十五年かかったそうだ。その間、遠くの江戸の市民がなにをしていたのかは知らないが。

福島第一原発を廃炉にするには、今の段階で「四十年」と推算される時間がかかるらしい。私は福島第一原発が事故を起こしたと聞いた瞬間、「じゃ、廃炉だな」と思ったけれど、東電は「廃炉にはしない」と言った。それが覆るまでには三週間ほどかかったと思う。

原発事故で避難をよぎなくされた人達に対して、当初政府は「十年は帰れない」と言った。それに対して怒りの声が殺到したから、「もう少し早く戻れる」というようなことにしてしまったが、帰還困難区域に関しては「そう簡単に帰れるわけではない」ということが、いつの間にか定着してしまっている。

東日本大震災発生当初、「すごいことが起こった」は当然としても、それと同時に「すぐなんとかなります、なんとかなるはずです」という声が政府方面から聞こえて来た。津波被害と原発事故の両方があって、被災地域が広大であるこの災害からそう簡単に立ち直れるはずがないのは、初めから分かりきっている。でもどういうわけか、その「時間がかかる」という事実は曖昧にされている。曖昧にされていて、まだ曖昧にされている。我々はもう、長い時間をかけて災害と付き合っていかなければならないようになっているのかもしれないのに。

大震災の二年後に『時間の流れについて』という文章を書く私は、その以前——大震災発生の二カ月後に、やはり連載を持っていた「中央公論」誌に次の文章を書いた。なんだかとても悲しかった。

人の心を勇気づけるもの

東日本大震災以来の自粛騒ぎは、まだ続いているらしい。私も桜の季節に二つのイベントに呼ばれて、一つの方は半年も前から出演が決まっていたので、どちらにも参加した。チャリティーを謳《うた》っているものではないが、どちらも周辺から「自粛」を囁かれたらしい。「なぜ?」と主催者に聞くと、その理由は「どこも自粛をしているから」というものだった。ほとんど風評被害に近い。「自粛騒ぎが続くと経済活動が停滞して、復興が遅くなる」というもっともらしい話がある。そうなのかもしれないが、私は「自粛、自粛」の声が広がることによって人の心が萎縮し、無用の不安が定着してしまうことを怖《おそ》れる。

「花見の自粛」が言い渡された上野公園の例年の花見は、いたるところに置かれた大きなゴミ箱の横にブルーシートを敷いてドンチャン騒ぎをするという落ち着かないものだったが、そんなことをしなくたって花見は楽しめる。青空の下で、咲いた桜を仰ぎ見る――それだけでホッとするものだ。大震災のあった今年は特に。桜の花にはそれだけの力がある。「自粛」ということが言われたことには、大震災以前の「普通のあり方」が、どこかで度を越していたということと関係があるのではないかと思う。

大震災関係のニュース以外に何もなかったテレビに「通常の番組」が戻って来た時、私は「大震災関係の番組と普通の番組との間にギャップがありすぎる」と思った。四月の番組改編期が来ても、その思いは消えなかった。その多くは三月の大震災以前に放映が決定されていて、変更のしようのないものだったのだろう。新番組の中には、新しい方向性を指し示すようなものもあるのかもしれないが、より軽く末梢的になってしまった新番組が並んでいるのを見ると、我々は「普通」というものをどこかに置き忘れて来てしまったような気がする。

テレビＣＭや、あるいは番組の中で、さまざまな俳優、歌手、タレントが、被災地へ励ましのメッセージを送ったり、リレー形式で一つの歌を唄《うた》ったりしている。それが被災地の人達の慰めになり、心を勇気づけるものになっていれば、私にはなにも言うことはないのだが、時々、あまりにも下手すぎるプロの歌声を聞いて、「これを〝自然体の歌〟と言うのには無理がある」と思ってしまう。思い入れたっぷりで、自分が唄ってい るそのことに酔っている歌手もいる。声を出して表現をする立場にある人間が、人の胸に届いて確かな働きかけをする声の出し方を忘れていていいんだろうかと、そう思う。

被災地のニュース映像で、忘れられないものがある。被害に遭って避難所に来ていた若いボランティアの女性が、自分の愛用するトランペットを抱え、避難所にいた人達に「ボランティアで演奏させて下さい」と言って、『上を向いて歩こう』をトランペットで吹き始めるのだ。決して「うまい」と言える演奏ではなかった。途中で音をはずしたりもしていた。しかしその音色には、とんでもない説得力があった。避難所にいた老婆は、その演奏に涙を流していた。

それは、人の頭に語りかける言葉の力ではない。人の胸の中で眠っているものを掘り起こすような、音の力だった。それは、ほころびるだけで人をホッとさせる桜の花の持っている力と同じようなもので、以前の我々は、そういうものをもっと多く持っていたような気がする。

春の選抜高校野球に出場した宮城県の東北高校が、第一回戦に七対〇で負けた。避難所に置かれたテレビを見ていた宮城県の人達は、それを観《み》て泣いていた。悔しくて泣いていたはずはない。そこにいる高校球児の姿が、被災地の人の胸の中に眠っていたなにかを掘り起こしたのだ。そのことだけははっきりと分かる。「なにがどうして」の因果関係は分からない。しかし、人の心の中に眠っているものに働きかけて、「よし、生きて行こう」という涙を流させるようなものは、確かにあるのだ。我々は、そういう力を持つものの存在を忘れてしまったのかもしれない。

ソフトバンクのＣＭで、「犬のお父さん」が夜空を見上げているものがある。北大路欣也の声が、ひとり言のように「みんなでがんばろう、日本」と言う。「こういう力のある声が、以前はもっと一杯あったのにな」と、私は思う。

なにが悲しいと言って、日本人が変わってしまった、そのことが悲しい。

Ⅱ　楽しい原発騒動記

私は二〇一一年の五月から二〇一二年の二月半ばまで「週刊プレイボーイ」誌で「橋本治のあんまり役に立たない話」というタイトルの連載をしていました。東日本大震災後の騒々しい時期で、私がない体力を更になくして寝てばかりいた時期です。みんなこの国難の時期に思いっきり眦《まなじり》を決して真面目なことを書いているんだろうなと思ったので、私は思いっきり気が抜けて当たらずさわらずのことを書くようにしていました。騒々しい時期が去ってしまった後では、そういう気の抜けたものの方が意外に意味を持つようにも思っていたので、思いっきり気が抜けて、連載も長く続きませんでした。しかし、不幸はそれで去らず、今度は「ネット上で同じタイトルの連載を続けろ」という話が来ました。ネット上だと枚数の制約はないというので、これも一年ちょっと続けましたが、いつの間にか終わりましたというか、続けなくなりました。

この章はその連載分の中から「原発事故」関連のものを集めました。少し書き加えたところもありますが、原発につきもののめんどくさいデータの話は出て来ません。「原発事故あるいは原発と、それにまつわる人間の話」です。だから当然、くだらないことばかりです。そういうものを、書かれた時間軸に沿って並べると、それほどくだらなさは見えて来ないので、まずそのくだらなさが明白になってしまった二〇一二年の二月半ば分――雑誌連載の最終回分からお送りします。

こんなことを書いています――。

すべては人のすること

私の連載は今週が最後でございます。題名以上に役に立たないもので、申し訳ございませんでした。これで若かったら、「いいじゃん別に、役になんか立たなくって」なんてことを言ってしまうんですが、年を取ると「いいのかなァ、これで」という気分になってしまいます。昭和が終わってから二十数年間、私の世の中に対する態度は「いいのかなァ、それで」だったんですが、もう行くところまで行っちゃいましたね。

去年の三月の原発事故の時、「政府は情報を隠している」という話が出ましたが、私は「日本政府がそんな気のきいたことをするんだろうか?」と思っていました。そしたら、後日明らかになったのは、「東電やらなんやらとの連携が悪くて、隠してたんではなくて、情報が上がって来なかった——上がって来たはずのものがどこに行ったのか分からなくなっていた」ということでした。「大変だ」で慌て放題に慌てて、なにがなんだか分からなくなっていたというのが、日本的真実としてとてもありうべきだというのが私の実感です。原子力発電所が安全かどうかではなくて、それを稼働させている人間達の頭の中の方が問題だと思っていて、それを言ってもただの悪口にしかならないと思っていたけど、でも「やっぱり」ですね。

こないだは、「事故発生当時の政府の原発対策本部で何が話し合われたか、その議事録が残っていないからなにも分からない」ということが明らかにもなりました。議事録を作成するのが、今や悪名だけは高い原子力安全・保安院の人間達だったというから、「慌てていて、作成を忘れてしまいました」にもなってしまうのでしょうが、ちょっとこれだけは鵜呑《うの》みにしにくいですね。「慌てていたので、議事録を作るのを忘れた——ということにしておけ」だった可能性がゼロとは言い切れないし、「議事録を作りはしたけれど、あまりにもその発言内容がひどくて低レベルなので、存在そのものを抹消された」という可能性だって、なきにしもあらずです。

それが私の邪推だとしても、原発事故が起こった当時の対策本部の議事録作成を「慌てていたから忘れた」ですませてしまう原子力安全・保安院が、いまだに健在というのも信じられない。さっさとなくしてしまえばいいし、なくなってもいいように原発をさっさと止めてしまった方がいい。「電力不足になったらどうするんだ？」と言うけれど、「原発を止める前提で電力をどうするか」ということをちゃんと考えるしかないだろうと思いますよ。他のものなら、事故を起こしたって、「大変だ」と言いながらすぐに後片づけは出来るけれども、原発にはそれが出来ない。その前提が他のものとは違うんだから。

なにしろ、すべては人間のやることだ。「安全だ、安全だ」と言っていて、いざ事が起こったら慌てふためいてパニック同然じゃ、どうしようもない。「落ち着け、落ち着け、落ち着いたらなんとかなる。落ち着いて策を探すんだ」という根本を見失って、「落ち着くと無策が見えちゃうから、慌てたままでいよう」という策はなかろうと思いますね。

というわけで、日本中の原発が一時的にすべて停止し、原子力安全・保安院もなくなってしまったわけですが、そうなることを知っておいてから、二〇一一年五月の「原発事故直後ホヤホヤ」の段階へ戻ります——。

福島第一原発一号機のメルトダウン

福島第一原発の一号機が、知らない間にメルトダウンを起こしていたらしいそうです。なんでこんな重大な話が推量形かというと、誰もその原子炉の内部を見ることが出来ないからですね（二〇一一年五月の話です）。

燃料棒の入っている原子炉の圧力容器に冷却用の水を入れて、事態収拾の方に進んでいるように思えた。ところが、その原子炉の水位計が正常に作動していなかった。大震災発生から二カ月たって、正常に作動するようになった一号機の水位計を見たら、燃料棒を冷やすのに必要な水位に達していなくて、燃料棒は水から丸出しになっていた。その結果、熱を持った燃料棒は熔《と》け出して、メルトダウンを起こしていた――そのようにしか考えられないというのが、「メルトダウンを起こしていたらしい」の東京電力による報告です（そうだったのです。そんなこと忘れていたでしょう?）。

しかし、メルトダウンを起こした圧力容器の底の方には水が溜《た》まっていて、熔け落ちた燃料棒を冷やし続けていたおかげで、圧力容器の内部温度は百度から百二十度の間で安定しているから、そう心配をすることはないのだというが、ベースになっているのが東電の発表だから、どこまで信用できるのかは分からない。なにしろメルトダウンを起こしたのが、大震災発生のすぐ後なんだと言うから。

「メルトダウンの危険性はどうやらない」とか「回避した」とか言っていて、それから二カ月たって、「実はメルトダウンしてました」ってのはどういうことだって思いますね。「圧力容器の内部温度が安定しているから、重大な危機は回避された。もう本当のことを言っても大丈夫だろう」ってんで、やっと発表されたわけでもないんだろうとは思いますけどね。

私が意外に思うのは、「メルトダウンが起きていた」という重大な話に対して、人があまり騒ぎ立てないでいることですね。まァ、東電が「実は――」という発表をしたのが週末で、メディアが騒ぎ立てるのだとしたら週が明けてからなのかもしれないが、なんとなく大騒ぎにならないような気もする。圧力容器内部の温度が安定していて「危機はもう去っている」状態だからなのかもしれないが、そういうことになると、メルトダウンは大震災発生直後のことだから、その初めから「危機は去っている」ということにもなりかねない。

まァ、原子炉のことなんかろくに知らない私がここでなんだかんだ言ってもしょうがないのだが、「メルトダウンを起こしていた」ということがあまり大騒ぎにならないかもしれないというのは、今までさんざっぱら大騒ぎをし続けて、今更大騒ぎをする材料がなくなってしまったようにも思えるからだ。

事故直後は、東電の体質がらみで原子炉事故の恐ろしさを、パニック寸前になるまで煽《あお》り立てるような報道が氾濫して、「どうしたもんかなァ」と私は思ったが、それから二カ月たって「もう平気」ではあっても、重大なことは重大なこととして、もう少し大騒ぎしてもいいんじゃないの？

もちろんこの話は、ストレートに次へと続きます。

原発ってお湯を沸かす所だったんだ

やっぱり、福島第一原発の一号機でメルトダウンが起こったというニュースは、そう大騒ぎにはなりませんでしたね。メディアの騒ぎ方は順当で、パニックを煽るような騒ぎ方じゃなかった。大騒ぎをするのに飽きたのか、大騒ぎする時期を逸したのか、大騒ぎをする仕方がタネ切れになったのかは知りませんが。「騒ぎが沈静化するまで、厄介な情報を隠しとこう」と思った東電や政府が情報操作をしていたんだとすると、まァ、正解ではあったんでしょうね。

ところで、なんで「大騒ぎ」になると困るんでしょう？　きっと「原発やめろ！」ってところに一挙に行っちゃうからでしょうね。

「一号機がメルトダウンを起こしていた」という発表と前後して、それまでオープンにされていなかった大震災直後の状況がポツリポツリとオープンにされるようになったから、「その初めに情報操作をしていた」という可能性は十分にあったでしょうね。「地震と津波で原発が大変だ」と言われてる時期に、「原発でメルトダウンが起こってます」なんてことを言ったら、大パニックになってしまうのに決まっていたから、そこら辺の情報を全部隠して曖昧にしていたというなら、危機管理の上では「正解」であったのかもしれないけれど、それは同時に、情報をコントロールする側の保身行為でもあるから、そういうことをする企業や国家が国民からの信頼を得るというのはむずかしいでしょうね。

なんであれ、原発に関するロクな知識を持たない私が、原発のことを取り上げることは、もうないでしょうけどね。

私がなんで原発に関するロクな知識を持たないままでいるのかというと、「あんな不自然なものは早晩なくなってしまうだろうから、知っても意味はない」と思っているからですね。

なんで原発を「不自然だ」と思うのかと言えば、それは「こわいから」ですね。そのことは今度の事故で証明されたけど、別にチェルノブイリで事故を起こさなくたって、「危険だ」ということは知っている。

茨城県の東海村に日本初の原子炉が出来上がったのは一九五七年で、私は小学校の四年生だった。その頃には記念切手ブームというのが生まれていて、私も記念切手の発行日には学校が終わるとすぐに郵便局へ買いに走って行ったもんです。東海村に原子炉が完成した時もその記念切手は発行されたんだけど、買いたくなかったので買いに行かなかった。紫一色の線画という記念切手のデザインも暗くて気に入らなかったっていうのもあるけれど、やはり「なんで日本に原子炉なんか作るんだろう?」ということが気になって、記念切手を買うと原子炉建設賛成の片棒をかつぐみたいでいやだった。まだ郵便は民営化されていなかったから、「なんで日本政府は原子炉を作って、〝それを喜べ〟とでも言うように記念切手なんか発行するんだろうか?」と思った。もしかしたらそれが、日本政府のやることに疑問を持った最初のことかもしれないけれど。

なんだって東海村に原子炉が出来るのがいやかと言えば、話はいたって簡単で、子供の私が広島や長崎に原爆が落とされたことを知っていて、太平洋のビキニ環礁でアメリカが水爆実験をやって日本の第五福竜丸が被曝《ひばく》したということをリアルタイムで知っていたからですね。第五福竜丸の被曝は私が小学校に入るほんの少し前だから、そう具体的に分からなかったはずだけれど、日本に水揚げされたマグロから放射能が検出されて「原爆マグロ」と言われると身近になって、魚屋の前を通ると「原爆マグロ」が頭にふっと浮かんだりした。今ならそういうことがあってもすぐに風化して忘れられてしまうだろうけれど、昔の流行のサイクルは結構長いから、ビキニ実験の衝撃は何年も残って、小学校の帰り道に雨が降り出すと、「放射能雨だ！　濡《ぬ》れるとハゲになる！」と言って頭を押さえて、友達と一緒に駆け出した。

第五福竜丸事件は東宝の怪獣映画の『ゴジラ』を生んだが、子供の私にとってゴジラと原爆はそんなにストレートに結びついているとは思わなかった。好きなゴジラは映画の中にいて、現実に存在する原子爆弾やら原子力は嫌いだから、一つにはならなかった。

フィクションならいい。だから鉄腕アトムを動かすエネルギーが原子力であったってかまやしない。が、鉄腕アトムのエネルギーは大きな注射器みたいなものに入ったなんだか分からないもので、お茶の水博士がアトムのお尻に注入していた。でも、現実とフイクションは別だ——子供の頃の私の頭の中を言語化するとこういうことになる。だから、私の記念切手コレクションには、「原子炉竣《しゅんこう》工記念」の切手一枚が欠けていた。買い損った記念切手は、文房具屋に行けば売っていたから、そうやって他のものは揃《そろ》えもしたけど、「原子炉竣工記念」だけは中学生になっても買わなかった。

私の小学生の頃の貸本マンガ（今や絶滅してしまったが）には、「青年を苦しめる現代の不安」として、覚醒剤であるヒロポン中毒——「打つと疲労がポンと消える」というのでヒロポン——と、原水爆実験による放射性物質の飛散である「死の灰」の二つがあった。人がどこで知識を仕入れるかはそれぞれの都合次第だが、私は社会正義とはあまり関係ないところで、「原爆、放射能、原子力」がこわいということを仕入れてしまった。だから「ビキニの水着」の「ビキニ」が、水爆実験の場所に由来していると知った時には、「なんでそんな名前付けるの？」と驚いた。「原爆が落とされたことのない外国は、そういうことに平気なのかな」と思って、少しあきれた。

私の頭の中には、「原子力こわい」ということが刷り込まれている。ゴジラの他にも怪獣が出現して、いつの間にか「原子力と放射能は爬虫類《はちゆうるい》を巨大化させて口から火を吐かせるもの」というわけの分からない理解も出来上がっているが、当然、それだけの理解で「原発反対」と言っても説得力はない。日本にも原発が生まれ「原発反対運動」

も生まれるけれども、私にはその手の「運動」に対するアレルギーがあるので近寄りたくはない。そして、ただ「こわい」や「なんとなく不安」だけでは、原発推進を止められない。でもそれはやっぱり危険だったということが、今度の事故で証明されてしまった。

原発の事故は終わらない。今のところ「終わる」という前提で事故処理作業は進められてはいるけれど、原発事故の処理作業が、果たして「終わるもの」であるのかどうかは分からない。チェルノブイリだって、まだ「作業継続中」ではあるし。老朽化した原子炉を撤去したとして、それで「はい、もうここに放射能はありません。安全です」にはならない。そういうことが私にとっては、不自然でこわいことなんですね。

そういう厄介な原子炉を使って、原子力発電所がなにをやっているのかというと、意外なことにお湯を沸かしているだけなんですね。お湯を沸かして、出来た水蒸気で発電機のタービンを回してる。昔そういうことを聞いて、ポカンとした。今、日本で重大な原発事故が起こって、「確か――」と昔聞いたことを思い出して唖然《あぜん》とした。「ただお湯を沸かすことだけに、そんな危険で厄介なものを使ってたんだ」と思ったら、腰が抜けそうになった。

水蒸気でタービンを回すのだったら、二百年以上前の蒸気機関から一歩も出ていない。

産業革命の時代になかった電力を作り出すのに、その動力が相変わらず水蒸気だと思うと、なにが「進歩」かと思いますわね。もう二十一世紀なのに、やってることは十九世紀だ。

それで、話は国会に行きます——。

原発よりも厄介な人間たちの問題

こういう言い方をすれば怒られるかもしれないが、起きてしまった原発事故のことを、今更とやかく言っても仕方がない。やるべきこと考えることは、「これから原発をどうするのか」という未来のことと、起きてしまった事故をいかに収束するかという現在のことで、その収束作業が順調に行っているとは言いがたい現状では、起きてしまった過去のことを「ああでもない、こうでもない」と突つき回していても仕方がなかろうと思う（これを言っていたのは、相変わらずまだ二〇一一年の五月の終わりなんですが）。ところが国会というところは、そのどうしようもなかろうところを突つき回すのをもっぱらにしている。「原子炉冷却用の海水注入作業が中断されたのは菅のせいだ」とかなんとか。

事故直後のことを二カ月以上もたってから持ち出して、「原発事故を悪化させたのはお前のせいだ。責任を取って総理大臣を辞めろ」という議論をしていたのが、よく調べてみたら、「海水注入は中断されていない」ということになった。上の方がなんだかゴタゴタしている間に、現場で指揮をしていた福島第一原発の所長が独自の判断で海水注入作業を継続させていた。「上の指示なんか待ってたってどうしようもない」という判断結果なんだろうと思うが、これではっきりしたのは、原発事故を収束させなければならない立場にある政府の各組織と東京電力の連携あるいは政府組織間の連絡が、まったくなっていないということだった。

今度の東日本大震災で明らかになったことの一つは、現場の人間は大奮闘するが、それを指示したり統括したりする上の人間がなにをしているのかさっぱり分からない――もしかしたらウロウロするだけでなんにもしてないんじゃないかと思われる点だと思う。原発事故だけじゃなくて、地震と津波災害の被災者や被災地に対してもやることが一杯あるんじゃないかと思うのに、それに対する手立てがあまりなされていないように思う。

大きな組織の上の方の人間は、自分の言ったことにクレームがつかないように、あるいは責任を追及されないように、慎重で曖昧で、「だからなんだ?」ということがよく分からないような言い方ばかりしている。国会議員の方は、「どうすれば菅を辞めさせられるか」ばっかりだ。

危機意識を持たず責任回避にだけ一生懸命なのは、大震災になってからのことではなく、バブル経済がはじけて以来のことだから、これは平和ボケの一種だと思う。「菅辞めろ!」だって、去年——二〇一〇年の秋に中国漁船が尖閣諸島にまでやって来て大騒ぎになって以来、延々と続いている。大ニュースが起こるとその前のことを平気で忘れてしまうのが現在の傾向だが、国会議員達はなにが起こっても「菅辞めろ」を忘れない。そしてそれだけで「誰が次の総理になれば大丈夫なのか」を考えない。だから総理大臣がコロコロ変わる。自民党から民主党への政権交代も、実はその「コロコロ変わる」の一種でしかないようなもので、日本には原発以上に厄介な問題はちゃんとあるんですね。

この「原発以上に厄介な問題」は次の章へ譲るとして、原発騒動記の方は一年後の二〇一二年に話が飛びます——。

「初めに結論ありき」という考え方

どうやら経済産業省は「原発の再稼働は当然」という考え方をしているみたいですね。日本は「初めに結論ありき」の国だから、東大出の揺るがない官僚が「こうだ」と決めてしまった以上、いずれ「再稼働」ということを明白に言ってくるんでしょうが。福島の原発事故があって以来、日本の原発政策が「初めに結論ありき」で動いているということに、多くの人が気づいてしまったと私は思いますね。

「初めに結論ありき」というのは、まず「望ましい方向」を考えるんですね。「望ましい方向」に「いい」と思われるディテールを寄せ集めて行く。それでまず「結論の原型」を作るんですね。「これでよろしゅうございますね？　私どもはよろしいと思いますが」という形でプレゼンテーションをして、「それでよろしい」という了承を得ると、その結論に沿ってディテールをもう一度作り上げて行くんですね。だから、拾い上げられる声は、「おお、これで大丈夫だ」というものだけで、だからこそ「大丈夫なもの」が出来上がっていく。その途中に「ちょっとこれじゃ問題があるんじゃないですか？」という声が上がると、「え？」という驚異の声が上がってしばらく沈黙が続き、やがて異議申し立ての声は「なかったこと」になる。

どうしてそういうことになるのかと言うと、初めに「望ましい方向」が設定されていて、それに対して「ちゃんと形にする」という方向で検討が加えられて来たからですね。そこに「ちょっと問題があるんじゃないですか？」という声を採用してしまうと、「我々のやってきたことは無駄になるというのか？　我々の設定した方向が間違っているというのか？」ということになってしまう。だから、「異議あり」の声は全部排除されてしまうわけですね。

原発の安全性に関わる疑問が、原発を稼働させている側の「安全なものは安全だから安全なんです」という声で撥《は》ねつけられてしまうのはそのためですね。「安全だ、安全だって言うけれど、ここにカクカクシカジカのデータがあって、安全とは言い切れないだろう」と詰め寄ったって、「そういうデータがあるのは知りません」で逃げられたり、「そういうデータがあっても、安全なものは安全なんです」で逃げられてしまう。「こういう安全を脅かすようなデータがある」と言われても、どうして平気で「そういうデータがあることは知りません」と言えてしまうのかというと、「安全なものは安全だと決まっているから、そういうことを知る必要がない」と思っているからですね。「そんなこと言ったたって、福島の第一原発はとんでもないことになったじゃないか」と言っても、「あれは津波が想定外の大きさだったからで、ほかの原発では津波があそこまでひどくはないはずなので大丈夫です」になる。それでも、「一応心配なので、津波用の防波堤を新設しますが、もう新設すると決めたので大丈夫です」ということになってしまう。「〝新設する〟ったって、決めただけでまだ出来上がってないんだから、大丈夫じゃないでしょう」と言ったって、「うーん、でも決まってるんですよ」で終わってしまう。

なにしろ「初めに結論ありき」なのだから、揺らがない。揺らぐと、「俺たちの今迄《いままで》はなんだったんだ?」で、関係者一同が自己崩壊を起こしてしまうらしく、その防御作用はとても固い。でもそんなことより、「危険は危険なんだからなんとかしてくれ」であってしかるべきですけどね。

「初めに結論ありき」の国では、危機対策が中途半端にしか出来ません。なにしろ初めに「結論」と言う形で全体像を想定しちゃっているんだから、その範囲を超えた事態になると、もうなんともならない。危機に直面した現場で体を張っている人にすべてをまかせるしかなくなってしまう。「まかせる」ならまだいい表現だけど、実態は「丸投げ」に近くなる。

「初めに結論ありき」の国では、まともな異議が提出出来ない。まず、「へんな人だからそういうことを言うのだろう」という目で見られる。その異議が理解されても、「これを受け入れるとめんどくさいことになるな」というのが分かった場合、放っとかれる。放っとかれてる間に、「そういうことを言うのはへんな人だから排除してOK」という免疫機能が作動して、「めんどくさい異議」は取り上げなくてもいいようになる。そして、もうそういうことが知れ渡っているから、まともじゃないクレーマーでさえ、「私がへんなことを言う人間だと思って差別されて、私の言うことは取り上げられない」と思い込めるようにもなっている。

「初めに結論ありき」であることが当たり前になっていると、「その〝結論〟ってなんだろう？」と推測して当てることが「考えること」になってしまう。「誰かが結論を考えるんだから、自分は考えなくてもいいんだ」ということになって、黙ったまま、「出てくる結論」を、出て来る前からプッシュする態勢を作るようなことになってしまう。「初めに結論ありきなんだからなにを言ってもだめだ」ではありますが、言わないと「初めに結論ありき主義者」はなにも反省しなくなる――ただでさえしないものだけれど。

私なんかは初めから「へんな人」なので勝手なことを言いますが、そうそう世の中は「へんな人」ばかりじゃないはずなので、「〝初めに結論ありき〟という考え方をしていて、そのことに気づかないと、思考力はなくなりますよ」と言っておきます。

この文章の初めで、私は「東大出の揺るがない官僚」なんてことをあっさり言ってしまいましたが、それに関して少し補足しましょう。その以前、二〇一一年の秋に私はこんな伏線のような文章を書いていました。

あ、東大法学部だ

去るものは日々に疎しで、もう忘れられかかっておりますが、百億円以上をカジノでばらまいちゃった某大王製紙の元会長がおりましたがね、あの人は東大の法学部出身なんですよね。

初め「製紙会社の会長だった人間がやたらの金をギャンブルに注《つ》ぎ込んだ」という話を聞いた時は、「バカなんだろう」と思った。そうでもなきゃ、そんなとんでもないことは起こらない。しばらくしたら、その人物が「創業者一族の御曹司」という話も聞こえて来たので、「やっぱりバカなんだろう」と思ったが、そこに「東大法学部」という履歴がくっついていたので、ちょっとびっくりした。「バカではないらしい」と思って、「どんな顔してんだろう?」と気になった。あんまり大きな声では言えないが、私は「見た目」で物事を判断してしまう傾向が、大いにある。

そうして写真を見た。「結構若いんだな」ということ以外になんにも分からなかった。それがしばらくたって、問題の会長が報道陣のカメラの待ち受ける中を歩いて行くニュース映像を見て、「ああ、なるほど、東大法学部だ」と思った。

それはもうほとんど、花道を行く歌舞伎役者のようで、「あんた、悪いことやったんでしょう!」と言いたくてたまらないはずの報道陣の中を、揺るぎのない顔つきで平然と歩いて行く。一応私も東大を出ていて、法学部学生を知らないわけでもないので――言い換えればその程度にしか知らないのですが、「ああ、久しぶりに見た東大法学部」という感じでしたね。

法学部の学生は、東大の中で「一番頭がいい」ということになっているので、揺らがない。きっと大学に入る前から「揺らぐ」ということのない人達だったはずで、それが法学部に入って確固としちゃった。文系で言うと、法学部の後に経済学部、文学部と続くんですが、後になるほど揺らぎが入る。私なんか文学部ですから、揺らぎっ放しですけどね。

東大法学部というと「高級官僚の養成所」という気がして、実際そうでもあるのだけれど、だからこそ「ガチガチの冷たいエリート」という風に思うかもしれないけれど、そういうもんではないですよ。

「冷たい」よりもなによりも、まず周りのことなんか眼中にない。だから揺るがないのだけれど、「周りのことなんか眼中にない」分、愛想はいいんです――なにしろ眼中にないから。「適当にあしらっとけばいい」としか思っていないその分、「同族結合」は強い。

「東大以外は大学ではない」と思っていて、「その中でも自分は特別な法学部」だから、こわいものがない。揺らぐ必要がない。人の言うことをおとなしく聞いてはいても、自分の意見を絶対に変えない。「変える必要があるわけがない」と思っているから変えない。「非人間的なエリート」じゃなくて、エリートは「揺らぐ必要がないから、結構人間的な意見を持っていられる」という生き物です。だからこそ、「初めに結論ありき」という厄介な考え方の出来る相手なんだけどね。

そしてこういうことになると、話はもう「原発ウンヌン」を越えて、重要なことを議論する議論のあり方になってしまいますですね。だが、話は、こんな風に続きます――。

日本の議論の進め方

二〇一二年七月には、福井県の大飯《おおい》原発の再稼働と消費増税が決まってしまいました。やっぱり「初めに結論ありきの国」だからそういうことになってしまうのかもしれませんが、ある意味「強行採決」が当たり前になってしまっているようなこの国で、今回は新しいパターンが出ちゃったみたいですね。それは、やたらの議論を出すだけ出させて、そのことによって問題を拡散させて焦点を曖昧にしてしまうというやり方ですね。

問題がいろいろありすぎてまとまらなくなる。だから、「ここは賛成か反対かの二択に絞らせてくれ」という展開になってしまう。「やたらの数の打ち上げ花火は上がったが、終われば星のまたたく夜の空ばかり」みたいなものです（今じゃもうよく分かりませんが、二〇一二年当時は国会でなんだかんだと騒いでいたのです）。

大飯原発を再稼働させるための最大のネックは、「原発は安全か否《いな》か」の議論ですが、既にもうこれだけでズレは起こっています。

原発がもう安全なものではないということは、福島第一原発の事故で説明されています。だから「原発は安全か否か」という議論は成り立たないのです。あるのだとしたら、「その原発は安全か否か」の議論だけです。そしてそうなって、議論は「原発そのものは安全ではないが、福井県の大飯原発は安全である」という矛盾した方向で進められます。誰が進めるのかというと、原発の再稼働をしたい人達です。

「原発そのものは安全ではないが、○○原発は安全である」というのはいたって分かりやすい茶番ですが、これが議論の中では目立たなくなる。議論が激しくなればなるほど目立たなくなるのはなぜかというと、「今この原発を再稼働させるかどうかという切羽詰まった議論をしている時に、〝原発そのものが安全か否か〟という悠長な議論をしていてもしょうがない」という気分になってしまうからです。議論が切迫すればするほど、「この原発を再稼働させるか否か」という方向に絞られてしまって、余分なことが考えられない雰囲気になってしまうので、「その議論は〝原発そのものは安全ではないが、○○原発は安全である〟という矛盾した前提からスタートしている」ということが忘れられてしまうのです。誰が忘れるのかと言えば、再稼働の推進賛成派と、反対派の両方です。

再稼働賛成派は、めんどくさいので「原発そのものが安全かどうか」の議論を素っ飛ばして、「この原発は安全だから再稼働してもいい」という論を立てます。賛成派が「原発そのものが安全かどうか」という議論を放棄してしまっているので、反対派が「原発はちっとも安全じゃないじゃないですか！」と言っても議論は嚙《か》み合いません。「原発はちっとも安全じゃない！」と言われたって、推進派は、「そういう部分もありますが」と一部は肯定し、「そう言っていいのかどうかは分かりませんし」と一部は保留し、「そんなことはないでしょ」と一部では反対して、「じゃ、あなたは原発そのものが安全だと言えるのですか？」の問いに対して、「うーん、ムニャムニャムニャ」で、話を「原発そのものが安全かどうか」ではなくて、「この原発は安全である」という方向へ持って行きたがるのです。

原発再稼働推進賛成派が、原発というものを本当に安全なものと思っているのかどうかの答は、「本当のところは安全かどうか分からない。でも大丈夫なんじゃないか」なのではないかと思います。

原発再稼働推進賛成派が「この原発は安全だから再稼働させよう」という方向に進んでしまえば、これに対する反対派だって、「この原発の再稼働が決まってしまえば大変なことになる」と思って、「この原発は安全じゃない」という方向に転換しちゃいます。いわく、「大津波にやって来られたらひとたまりもない」とか、「大地震になった時、その対策本部となるような免震棟が存在していない」とか、「原子炉内の空気圧を調整して爆発を防ぐベントに、放射性物質を飛散させないフィルターがついていない」とか、「原発の敷地内に断層がある」とか。

ロクに考えなくたって「それでよく安全だなんて言えるな」という状態だったりすれば、再稼働反対派は「だから再稼働なんかさせるな」と訴えられますが、原発再稼働賛成派にとっては、それが好都合なのです。どうしてかと言うと、「原発そのものが安全かどうか」という議論から離れて、事態はもう「この原発は安全かどうか」というところに行ってしまっているからです。

「原発そのものは安全なのか？」という議論は、「万一原発が事故を起こした時にとんでもないことになったりしないのか？」という議論を含んでいて、福島第一原発の事故があった日本では、既に言ったようにこの答ははっきりしています。とんでもないことになって、二万五千年ほど待てば人体に有害な放射性物質は無害になるという。つまりは、「ずーっと有害」なんです。

でも「〇〇原発は安全なのか？」という議論は違います。こちらは「事故が起こったらどうなるか？」ということを考えません。こちらでの「安全」は、「事故が起こるのか、起こらないのか」のジャッジだけです。「事故が起こったらどうなるか？」は、「原発そのものは安全なのか？」という議論の中に含まれるものですが、それがどっかに行って、議論が「この原発は安全かどうか」になったら、「もし事故が起こったら――」という考え方はしなくてよくなるのです。どうしてかと言えば、「津波に襲われた福島の原発とは違って、この原発は、事故を起こさないように、カクカクシカジカと考えて造られています」と示すだけで、その「安全」が保障されてしまうからです。

「十分な波避《なみよ》けがない、免震棟がない、ベントのフィルターがない、断層があるで、どこが安全なんだ」と反対派は言いますが、「原発そのものは安全かどうか」という議論をスルーしてしまった賛成派は困りません。「はい、分かっています。それらはみんなしかるべき処置をする予定です」と言ってしまえばいいのです。本当のことを言えば、その処置は「将来に於《お》いてのこと」で、だからこそ現段階では全然安全ではないのですが、それなのにどうして、再稼働推進賛成派が「安全です」と言えてしまうのかと言えば、何度でも繰り返しますが、「原発そのものが安全か」という議論が素っ飛ばされているからです。

「その議論はしなくていい」になったら話は簡単で、「原発そのものは危険ではない」ということになります。なぜかと言えば、その背後にはもう「原発そのものは危険ではないから、その議論はしなくていい」という前提が出来上がってしまっている――そのように思えてしまうからです。

原発そのものはもう危険ではないわけですから、「波避けがなくても免震棟がなくてもベントにフィルターがなくても、断層があっても動かないから、取りあえずは安全」ということになってしまうわけで、そうである以上、「ただでさえ安全である上に、それを心配する人のための措置まで行う計画になっているわけですから、再稼動にはなんの問題もないのです」になってしまうのですね。

「そんなバカな」と言ってもしょうがないですね。「原発そのものは安全なのか」という議論を素っ飛ばしてしまえば、そういうことになる。

「議論を素っ飛ばす」ということは、「反対だ、危険だ」と言われて、それに対して「そんなことはない！」と言って拒絶することではないんですね。「危険です」と言われて、それに対して「うーん、そうですねェ――」とうなずいて、しばらく考えて、考えたままで態度保留にしっ放しにしておくというのが、日本でありがちの「議論を素っ飛ばす」ですね。

「反対」でもない、「賛成」でもない。ただ「保留」の沈黙がしばらく続いて、その後に「初めに結論ありき」だった方針が動き出すというのが、日本式の議論の素っ飛ばし方です。そういう相手に「こっちの言うことも聞いて下さい」と言っても無駄です。相手は聞いていないわけではないのですから、「聞いてますよ」で終わりです。

あきれるついでに、「どうして大飯原発は安全で、再稼働して大丈夫なのか？」という理由を、私なりに推理してみます。それは、「大飯原発は東日本大震災の被害には遭わなかったから、大丈夫で安全です」でしょう。大飯原発が止まっていたのは定期点検のためだけで、不都合を起こして止まっていたわけではないんですから、再稼働推進賛成派は、その初めから「大丈夫で安全」のままでいて、「で、いつ再稼働なのかな？」と、その時期を待っていただけですね。

私は別に原発再稼働賛成派なんかじゃありませんし、大飯原発を再稼働させるためにどこかでカンカンガクガクの議論があったとも聞いていません。大飯原発の再稼働は多数決による決定ではないので、そこに「議論」のある必要も――よく考えるとありません。しかし、再稼働に反対する勢力は多くあって、これを押し切って再稼働を実現するのは容易なことじゃありません。でも賛成派はそれを押し切った。どうして押し切ることが出来たのかという論理の構造は、以上のようなもんだと思います。言いたいことを言わせておいて、なにが問題なのかを分からなくさせてから、初めっから決まっていた「結論」を再稼働させる。

ここまで私の言ったことは、読むだけでイライラするようなもんですが、これが日本の議論なので、これを呑み込むしかありません。別に「納得してくれ」とは言いません。

日本での議論の嚙み合わなさはこうしたもので、嚙み合わない議論だからこそ盛んに戦わせる――そうして収拾がつかなくなってからこそ、「賛成か、反対か」の二択に絞れる。問題なのは、「初めに結論ありき」で態度を決定している推進派に対する、反対派のあり方です。「ああも反対、こうも反対」と言って、反対派は反対理由をやたらと拡散して、どの条件がクリアされるべきことなのかを分からなくしてしまう。それで「反対のための反対」のように思われて、「あの人達の言うことを聞いてもしょうがない」と、無視されるようになってしまう。重要なのは、根本の前提がなにかを見定めて動かさないことなんですが、いささか長くなりすぎたので今回はこれでやめにします。

続きはまた書きます。

結局、大飯原発は「断層があるからだめ」という理由で停止から廃炉へと進むことになりましたが、そうなるとなおさら「なにやってたんだ？」です。この話は最後の章の「集団的自衛権」の話ともからんで来るのですが、とりあえずは「この続き」です――。

多分忘れる、絶対忘れる

「続きはまた書きます」と書いて、二週間たちました。二週間たったらかなりのことを忘れて、「それで俺は何を書くんだっけ？」と思っています。

私ももういい年なので、いい加減に記憶力は衰えていますが、しかし、めんどくさいことを一週間以上考え続けるのならともかく、自分とは直接関係のない「めんどくさいこと」があって、それと関わることがひとまず終わって一週間もたったら、私じゃなくても人間は、その「めんどくさいこと」のあらかたを忘れちゃいますね。

覚えているのは「なにかめんどくさいことがあった」ということだけで、「なにがめんどくさかったんだっけ？」と考えてもよく思い出せなくなる。下手をすれば「めんどくさいことがあった」ということさえ忘れてしまいます。なんでそうなるのかというと、「めんどくさいこと」を頭に入れてそのままに保っているのがしんどいことだからですね。

「めんどくさいこと」は、そのめんどくささゆえに、頭には入れにくい。なんとかしてそれを頭に入れると、「ああ、入った」と思って安心して、その瞬間から「忘れる」という方向に進んで行く。一週間たたなくたって、「あーあ、そうか」と思った瞬間から「忘れる」が始まります。そういう人間の特性を大幅に利用したのが、日本の議論の進め方ですね。

私は前の『日本の議論の進め方』の中で、半分のことしか言ってないんですね。「初めに結論ありき」で強行採決が当たり前のようになっているこの国で、新しい議論決着パターンが出たと言って、それは「やたらの議論を出させて問題を拡散させ、賛成か反対の二択に絞る」ということなんだと言いましたが、これはまだ新しいパターンの「半分」です。私が言いたい「新しい議論決着のパターン」というのは、「やたらの議論を続出させ、問題の焦点をぼかし、その結果、二者択一に持ち込む――そうして〝ああ、ひと段落ついた〟と思って忘れてしまう」です。

誰が忘れるのかというと、議論の中にいた当事者達です。「やっとなにかが決まった」と思えば、その安堵感《あんどかん》で「忘れる」という方向に向かって行きます。その議論が激しければ激しいほど、なんらかの「決着」を見たら「忘れる」です。そうしなければ体がもたないくらい、「覚えている」はしんどいことです。

意外や意外で、議論の周りで見たり聞いたりしているだけの人――国民ですが――は忘れません。議論続出で、ハタから見ている限りは「なにがなんだか分からない」という状態になっているので、「決着がついた」と言われても「なにが？」で、「なんだか分かんないことをやいのやいのやってたけど、あれはなんだったの？」という不完全燃焼が残るので、騒々しい議論を「なにこれ？」と思っていた人ほど、「なにかをやっていたが、それはなんだ？」という形で記憶に残してしまいます。

なんで激しい議論をやっていたその当事者が忘れちゃうのかというと、議論がもっとも激しく盛り上がっているのは、「二択にする」が決まって以降の話で、それ以前はあでもないこうでもないという雑多な議論の嵐です。あまりにもテンデンバラバラになってしまったから、「賛成か反対かの二択にするしかない」になったわけで、二択にした結果は、「種々様々の問題は素っ飛ばして」になっています、だから、二択の後で「まだ問題はある」ということになると、素っ飛ばしてしまった「種々様々」をもう一度掻き集めなければならない。そのようにして、改めて激しく盛り上がるわけですね。普通にはこれを「紛糾」と言いますが。

なにがめんどくさいと言って、一度「めんどくさい」として枝葉を落とし、「おおよその形」をまとめたその後で、もう一度落とした枝葉を拾い集めて、未《いま》だに問題の残っている「めんどくさいもの」を再構築することほど、めんどくさくてしんどいことはないのです。そんなことをしたら、一度まとまった「おおよその事」だって「ちょっと待てよ。やっぱりこれは問題がある」になってしまう。こんなに人のやる気を削《そ》ぐようなめんどくさいことはないですね。だから、当事者としては、「忘れられるもんだったら忘れた方がいい」になります。

それで、二択の決着に絞るためには、種々のめんどくさい問題を素っ飛ばすことが必要になって、それを専門用語では「先送りする」と言うわけですね。宛て先がどこかは分からないけど、どこかに送って預けておく。それはつまり、「忘れてそのままにしておく」か、「みんなが忘れてしまっている内に、適当に決めてしまう」というようなことを意味します。

どうして「適当に決める」などということが可能になってしまうのかと言えば、「先送り」というのは、事態が切迫したことによって起こるもので、それだからこそ「時間的な猶予がないので、さっさと決めるしかありません」ということになってしまえるのですね。

福島第一原発の事故から一年三カ月以上がたった七月に福井県の大飯原発の再稼働が始まった理由は、「夏場の関西方面での電力需要の逼迫《ひっぱく》」ですね。でも、原発再稼働を進めたい人達が公然たる理由として「関西の電力需要の逼迫」を掲げたわけではない。福井県で原発が再稼働されることを不安に感じて反対していた周辺の県知事達が、「夏場の電力需要の逼迫」を理由にして、「暫定的な再稼働の容認」をして、結果として、「夏場の関西では電力不足が懸念されるから、大飯原発の再稼働が起こった」というだけの話ですね。

「関西の夏場の電力不足」は初めから分かっていて、でもそんなことをいきなり言ったら「安全なのかよ！」ウンヌンの種々の反対が湧き起こって収拾がつかなくなる。だから、「電力不足」という現実が近づいて来るまで、原発を再稼働させたい人達は「安全性の点検は済んでます。だからよろしく」だけで通してしまった。これは「先送り」という手法の活用法だなと、私なんかは思いますが。

こちらもまたやっぱり「通り過ぎたら忘れてしまう」で、民主党を飛び出した小沢一郎以下の議員達は、「消費増税の前にやるべきことがある」という主張を掲げていましたが、衆議院で増税法案が可決する前に反対の主張を掲げ、衆議院で増税法案が可決されて離党分裂して新しい会派を作った後でも、やっぱり「増税の前にやるべきことがある」と言ってました。

そりゃ「やるべきこと」はあるでしょう。でも、衆議院で法案が通過して、参議院でも可決されるのがほぼ確実となってしまったら「増税の前にやるべきことがある」ではなくて、「増税の後でもやるべきことがある」で「増税の後ならなおさらやるべきことがある」でなければいけないはずですがね。

問題はその「やるべきこと」で、「〝やるべきこと〟がなんなのか分からない」と民主党の離反議員を批判していた人もいました。一般市民が「消費税増税反対」のデモをして、そこで「増税の前にやるべきことがある」と書いたプラカードを持って立ってたって、それはそれでいいわけですね。「その前にやるべきことがあるだろ。そのやるべきことがなにかぐらいは知ってるだろう。しらばっくれてないでそれをやれ」という批判として通ります。でも、政治家はそれをやっちゃいけない。やることを考えなければいけない。スローガンは単純なほうが人に響きやすく通りやすいですが、だからこそ単純なスローガンはいろいろなものを素っ飛ばしている。政治家が重要なことを素っ飛ばしたままでいいはずがない。

消費税のアップに「仕方がない」という形で賛成する人は結構いる。国にお金がないことを知っているからでしょうね。

「国にお金がない→困るから税金を上げる」というのは、理屈としては単純で分かりやすいけれど、だったら「このようにお金が足りないので、このように税金を値上げして、このように使います」という説明が必要になる。でも、その説明はないですね。ただ「お金がない。どうしよう。増税だ」という短縮した話ですね。民主党政権は「税と社会社保障の一体改革」と言って、「社会保障の予算として消費税を当てる」と言っているけれど、その金をどう使うかの社会保障プランはまだ決まっていない。それを決めようとするとめんどくさい議論がやたらと生まれるに決まっているから、「先送り」ということになっている。だから、増税をしても、それがどう使われるのかは分からない。

二〇一二年の夏前にはギリシアを初めとするヨーロッパの財政危機の話が伝わって来て、「借金ばかりしていると危ない。国債依存度の高い日本は危ない。でも、税収が少なくなってしまった日本は、国債を発行せざるをえない——そのように日本はお金がない」と理解してしまった人達の中には、「国にお金がないから、消費税のアップも仕方がない」と考えてしまう人も出て来てしまうだろうけど、消費税のアップ分は年金を筆頭とする社会保障のためだから、「国債の発行を減らして財政不安をなくすため」ではないですね。

消費税の背後には、「放っとけばまた金が足りなくなるに決まっている年金制度の改革」というめんどくさい問題を控えている。めんどくさいからそれが棚上げの「先送り」にされて、そしてそれとは別に、税収不足でやたらと国債を発行してしまう「お金が足りない」問題がある。収入が減っている以上、支出を抑えて借金の額も増えないようにするというのは、子供でも分かることだけど、それが出来ない。公務員の給与削減とか国会議員の定数削減とか、その他諸々の削り方はある。でも、これは「社会福祉方面のこと」とは別のことだから、消費税率アップとは直接に関係がないということになる。

今の日本には金がらみの問題がいくつもあって、「消費増税と社会保障費」というのはその一つでしかない。しかしいつの間にか、「お金の問題」は消費増税一本に絞られて、消費税がアップされれば、国民の負担は大きくなるが、「お金の問題」はとりあえずみんな解決するというように、錯覚されている。消費増税の問題は「お金の問題の一つ」でしかないんだから、「これで安心」なんてことにはならない。もちろん、「消費増税反対」なんて言ったって、それでどうなるわけでもない。「反対」を言うんだったら「じゃどうすればいいのか」を考えなければならない。だから、「消費増税の後ならなおさらやるべきことがある」ですね。

でも問題は「消費増税、是か非か」の二択に絞られて、それで与党民主党の離党分裂問題まで惹《ひ》き起こしてしまったから、「消費増税可決」の段階で、「はて？　これからはなにをすればいいのか」が見えなくなった。消費増税法案の衆議院でのその後の話題は、「離党した小沢一郎の新党はどうなるのか」という政治家の話になってしまった。「それで、あの人達はどうなるの？」じゃ、まるでオバさんの立ち話だ。

議員定数を削減して、下らないことで右往左往する愚かな議員による弊害を解消してほしいんですが、議論が激しくなると、分かりやすい「人間関係の話」ばかりが話題になって、「議論すべきめんどくさい話」はどこかへ行ってしまう。消費増税法案が参議院で可決されたら、「やるべきこと」はきっと忘れられる。たぶん忘れられる。それが「先送り」の効果だから。

話は既に、「原発問題」から「原発以上に厄介な問題」である政治の方向に進んでしまいましたが、そのどちらにも共通するのは「議論の仕方」と「理解の仕方」ではなかろうかと思うので、この章の最後はこんなもので結びます——。

分からないものを読む能力

二〇一一年も終わろうとする頃、私は珍しく新聞を読んでいました。「今年も終わりだな、なにがあったのかな」なんてことを考えて。

普段私は新聞をほとんど読みません。どうしてかと言うと、むずかしくてめんどくさいからです。そういうホントのことをあまり人は言いませんが、新聞記事の特徴は「短い」ことです。短いからあまり説明に文字数が使えません。その結果、凝縮された短い表現が多くなり、略語がやたらと横行します。簡単明瞭ではありますが、その一方で「分かる人には分かるが、よく分からない人にはよく分からない」というようなものになってしまっています。

だから新聞を読む時には、「えーと、これはなんのことだ？　前になんかで聞いたことがあるようなことが書いてあるが、なんだったっけか？」と考えながら読むしかない。

元々私は新聞というものをそういうものだと思っていて、「読む＝ただめくってい る」ですむ人ならそれでなんの問題もないが、まともに理解しようと思って新聞を読み始めると、とんでもなく時間がかかる。一度そういうことをやったら、朝刊を読み終えるのに三時間か四時間か、あるいはもっとかかった。元気な時ならそれでもいいが、私はもう一年以上「病人」だから、そんな気力はない。それで新聞を読み始めてすぐに、「むずかしいことばっかりだ」と投げ出したくなったのだけれども、すぐにとんでもない大疑問にぶち当たった。それは、「どれだけの人がこのむずかしいものを毎日読んで、理解出来ているのか？」という大疑問だった。

自分で言うのもなんだが、私はそんなに頭が悪くない（はずだ）。でも、新聞に書かれている多くのことが、パッと見て分かるわけではない。ところが多くの人は、「新聞はむずかしい」とも言わずに、当たり前の顔をして新聞を読んでいる――そういうことを考えて、「俺はそんなに頭が悪いんだろうか？」と思った。そして、新聞はろくに読めないがへんな風に頭が働く私は閃《ひらめ》いた――「人が新聞を理解しながら読んでいるのは、本当か？」と。

日本人の多くは、「分かろう」と思って新聞を読んでいるのではないかもしれない。日本人の多くは、理解力や読解力によってではなくて、「分からなくても平気で読み続けられる持久力」によって、新聞を読んでいるのではないかと、そう思った。

なんか「すごい発見をした」という気になって、それを二、三の人間に言ってみたら、言われた方は絶句していた。「なにメチャクチャなこと言ってんだ」ではなく、「そうかもしれない――」の一言を残して。

わりと気合いを入れて新聞と向き合っている人は多いが、あの顔は「分からないものと対面し続ける顔」なのかもしれない。だから、「真剣な顔」になる。そう思うと、多くの物事がよく分からないまんま、日本人の上を素通りしてしまう理由も分かる。みんな、「分かんないな……」のまんま我慢しているからいけないんだ、きっと。

「それで」と続けるわけではありませんが、やっぱり「それで」かな？　二〇一四年の秋には新聞をめぐるある大騒ぎも起きてしまうわけですが、そこで浮かび上がらない、いのは、当たり前に新聞を読んでいる人達の「声」ですね。「もうあの新聞を読むのはやめる」なんてことを言う人は言うけれど、黙って「あの新聞」を読んで「あの新聞」のあり方を肯定していたのは、それを言う人達なんですけどね。

Ⅲ　原発以上に厄介な問題

大震災までの日々

ここまでに書いて来たことは、二〇一二年暮れの総選挙で自民党へ政権交代をする前の、民主党政権時代の話です。「大震災ショック」のようなものがあって、それ以前のことはそれ以前のこととして半分忘れられたみたいになっているというか、それ以前のこととあまりつながらなくなっていますが、それ以前からつなげてみると、日本は結構やばい状態です。

二〇〇一年の四月に小泉純一郎が自民党総裁になって、「郵政民営化」と「改革」が大きく主張されるようになった。バブルがはじけて以降、日本は不景気だったから、与党の中から出て来た「改革」の声を上げる人に対して、国民の支持は集まった。小泉純一郎は「私が自民党をぶっ壊す」とまで言ったけれど、一時的に「小泉自民党」であったものは、その以前の自民党とそう変わらなかったし、「景気をよくする」につながるものではないかと思い込まれていた「改革」も、なんだかへんな方向に行った。「景気をよくする」は「ある特定の人間達だけが金持ちになる」のとは違うはずのことだけど、経済の質が変わって「金で金を買う」というのが経済の主力のようにもなってしまったので、「景気をよくする」と「ある特定の人間達だけが金持ちになる」というのがイコールになってしまった。昔の経済のあり方は構造上行き詰まって、だからこそ「不景気からの脱出」が起こりにくくて、経済と言えば「投資」ということになってしまった。

おじさん達は「額に汗して働かずして金を得るのは何事！」と嘆いたけれど、それを「古い」と笑う東大出の気の利いた兄ちゃん達は、「投資で金儲《かねもう》けが出来ないのはバカだ」とでもいうような羽振りのよさを見せた。それが「小泉改革」の時代でもあった。小泉自民党のピークは、「郵政解散」と言われた二〇〇五年九月の総選挙で圧勝した時で、これで郵政民営化を実現してしまった小泉純一郎は、後を安倍晋三に譲るようにして政界を去った。実のところ「政治のゴタゴタ」はここいら辺からはっきりして、金儲け経済の方も雲行きが怪しくなる。

夏の郵政解散の総選挙に出馬した「時代の寵児《ちようじ》」と言われた人物が社長をやっていたライブドアが「証券取引法違反容疑」で強制捜査を受けたのが翌年一月で、そのショックから東京証券取引所が取引停止になってしまう。ライブドアはニッポン放送の株式を取得しようとして、その前年に親会社のフジテレビと戦っていた。ライブドアに対するもう一方の時代の寵児の村上ファンドにも、インサイダー取引容疑で司法の手が伸びた。それが二〇〇六年で、日本を覆っていた企業買収や株取引に関するへんな熱気はいささか冷めたが、「株でどうとかする」が金儲けの手っ取り早い手段であるような状況は変わらず、「金で金を買うというのはおかしい」という声は、その二年後である二〇〇八年のリーマンショックにまで行かないと、あまり明白にはならなかった。

安倍晋三が小泉純一郎の後の自民党総裁になったのが二〇〇六年の九月で、二年後の二〇〇八年九月にリーマンショックがやって来る。民主党による政権交代が起こるのがこの翌年の二〇〇九年八月だけれども、この三年は興味深いですね。一年毎に総理大臣がコロコロ変わった。日本の「どうしたらいいか分からない時代」がここで明白に始まったようなものですね。

自民党総裁になってまだ十カ月の安倍晋三は、二〇〇七年七月の参議院選挙で歴史的大敗を喫する。なんで負けたのかという理由はよく分かりません。あんまり国民に好かれてなかったんじゃないかと思います。「美しい日本」とかいう情緒的なアピールをして、「任期中に憲法改正をする」と言っていた安倍晋三の第一次内閣では、閣僚の失言をはじめとする「不祥事」が相次いだ。「日本では政策論争によって総理大臣が辞任することはなく、閣僚の不祥事が続くと内閣が危なくなる」ということの典型みたいなもので、参議院選挙前に安倍内閣の支持率はガタ落ちしていた。

日本人は抽象的な「政策」の方面ではあまり善《よ》し悪《あ》しの判断が出来なくて、「あいつはいい、あいつはだめだ」という個人レベルでの判断しか出来ないのかもしれない。「改革」だって抽象的なものだから、「改革を！」と叫ぶ人がヒーロー扱いされるようになると、その人の叫ぶ「改革」も支持される。そういう個人レベルのものだから、支持された「改革」だってその後はすぐに怪しくなる。

小泉純一郎からバトンタッチをされた安倍晋三はどうやら負けん気の強い人らしく、参議院議員選挙で負けても、その後に四人目の「バンソウコウを貼った不祥事閣僚」が辞任をしても、総理大臣を辞めず、参院選から二カ月後の九月になって「やたらと下痢をする病気」を理由にして総理総裁を辞任した。ついでなんだけれども、参院選のあった七月は、新潟県中越沖地震が発生して、新潟県の刈羽《かりわ》原発から「放射能汚染水」が漏れるという事故がありました。

一九九五年の阪神淡路大震災があって、二〇〇四年には新潟県で中越地震があり、日本地震列島は活性化したようにも見えたけれど、原発事故にまでは結びついていなかった。その後の二〇〇七年の新潟県中越沖地震の事故は、東日本大震災の予告篇のようなものであったのかもしれないけれど、やっぱりこの原発事故は「大丈夫です」ですまされてしまった。

　安倍晋三の下で自民党は参院選挙に負けてしまったので、参議院は「野党過半数」になり、国会運営はままならない。当然、後を引き継いだ総理大臣の福田康夫は困って、そこに誰やらが画策したという「与野党大連立」の話が出て来る。この話に乗りかけたのが当時の民主党代表だった小沢一郎で、「与党と野党が喧嘩《けんか》していたらなにも決まらない。仲よく一緒にやればいいじゃないか」という考え方は、日本のどこかに当たり前にあったのかもしれない。ということは、「野党なんかなくても与党だけあればいいんじゃないの」という考え方が、日本には根強くあるということだけれども。

　代表の小沢一郎は「与野党大連立」を受け入れたが、「そんなことされたら民主党の立場がない」と思う民主党の役員会では否決されてしまう。「自分の存在価値は大きい」と思っている小沢一郎は、「じゃ、俺は民主党の代表を辞めるか?」と脅しをかけるが、でも辞めず、代わりに国会運営に疲れた福田康夫は一年で総理大臣を辞めてしまう。そういう時代だから、「既成の政治家はもうだめだ」という気運も生まれていて、福田康夫が辞任する年の初めには、橋下徹が大阪府知事に当選している。

　橋下徹が自身のための会派である大阪維新の会を作ってそれが国政政党へと変化して行くのはもう少し先のことだけれど、小泉純一郎が辞めて、でも「経済はよくならない」というのがあって、「既成の政治家はだめだ」という雰囲気が広がって、そしてなにが起こったかというと、結果的には「騒々しいだけでなにも起こらなかった」に等しいのではないかと私は思っている。「なにも起こらない」というのは、実のところ「なにも起こせない」で、日本政治はそういう状況に入ってしまったのではないかと思う。

以前に別のところで書いたけれども、二〇〇八年の九月に総理大臣を辞任した福田康夫を、私は「日本で最初の等身大の総理大臣」だと思っている。どうしてかというと、総理大臣の彼は総理大臣のまま愚痴を言った。与野党大連立の党首会談の時に、彼は当たり前の顔で「悲しいくらい苦労をしてるんですよ」と言った。総理大臣ならもうちょっと虚勢を張ってもいいようなもんだが、この人はそれをしない。平気で「困った」を顔に出してしまう。

この人は、辞任の記者会見の時に報道陣の「どうして辞めるんですか?」という質問に答えて、「私は自分自身を客観的に見ることは出来るんです。あなたと違うんです」と答えた。辞任の理由が「健康上のこと」ではない「自分自身のこと」というのはすごい。自分自身を客観的に見ると、「もうどうしたらいいか分からない」という状態になっていて、それを淡々と引き受けて辞任してしまうという辞め方は前例がないと思う。「私の不徳のいたすところで」というのは、「自分の過ちを認める」ではあるけれど、

「自分自身を客観的に見た結果」は、そういうものではない。

「政治のプロ」が揃っていればこそ「人材豊富」であっていい自民党が出して来た代表が、こんなにも「等身大の日本人」であったりすると、人材不足は目に見えている。そして振り返って二〇〇一年を見ると、自民党の総裁選に「とても当選するとは思えない傍流の小泉純一郎」が当選して、彼の内閣が圧倒的に高い支持率で迎えられたことの意味もよく分かる。もう人材がいないのだ。総理大臣さえもが「等身大の人間」になってしまったら、もう「誰かがみんなを引っ張って行く」ということは起きにくい。だからこそ、山っ気たっぷりの人間が圧倒的な人気で当選したりもするのだろうが（余分なことを言うと、「偶然の成功に賭けてしまう気質」が山っ気です）、福田康夫が辞め、麻生太郎が後任の総理大臣になり、リーマンショックが同じ月に起こると、「大変だ！」で、いつの間にか「人材不足だった」ということは忘れられてしまう。

麻生内閣が成立して一年もたたない二〇〇九年八月の衆議院議員総選挙で民主党が圧勝して政権交代というものが実現してしまうけれど、「日本人が民主党に期待した」というよりも、それは「日本人が人材不足の自民党にうんざりした結果」でしかない。自民党が圧勝した郵政解散選挙から政権交代までの間に、民主党の方だって代表が四人も代わっていて、鳩山由紀夫を代表にして選挙に勝った直後、選挙を勝利に導いた幹事長の小沢一郎は、「族議員を作らせない」を表向きの理由にして、「陳情はすべて幹事長のところへ一本化する」という方針を出した。それはつまり「小沢幹事長独裁体制」を作るということで、民主党は新内閣発足早々に、「そんなのへんだ!」と大騒ぎになる。

民主党はそもそも数合わせの「寄せ集め政党」で、「政権交代を実現する」という目的で一つになったものだから、「力のある人が一つにまとめる」という形を取りやすい。民主党への政権交代が起こって以後、やたらの小政党が乱立するけれど、その危惧は「寄せ集めた数によって政権を取った民主党」の中で既に明らかで、政権交代が実現してしまった段階で、もう民主党の「バラバラ構造」は明らかになりかかっていた。

政治家が好きなのは、「政治を行うこと」よりも「政治家同士で争う」だから、政策がどのように一致しているのか分からない、政党の憲法である綱領《こうりよう》のない政党が、バラバラで統一感のない政治家達の権力闘争に走るのは目に見えていた。それなのに「二大政党時代来たる!」なんてことを言ってさ、「等身大の総理大臣」のいる国の政治家は、どんぐりの背比べで、どんぐりの数合わせにしかならないんだよ。

民主党の「テキトーなことを言うだけで決断力のない」初代総理大臣の鳩山由紀夫が一年に遥《はる》かに届かない時期に総理大臣を辞め、小沢一郎と菅直人の二人で後継争いをして、菅直人が総理大臣になり、中国漁船が尖閣諸島に来て日中関係が悪化し、ロシアも

「北方領土返すもんか策」を進展させて、「菅なにやってんだ！」の大合唱が起こって、その先に東日本大震災がやって来るわけですね。

東日本大震災がやって来た時に、民主党政権は既にガタガタになっていた。ということで、東日本大震災以後の話に戻ります。二〇一一年の六月の「週刊プレイボーイ」誌のコラムにこんなことを書いていました——。

菅直人はなんであんなに嫌われるんだろう

菅直人がその内に総理大臣を辞めるんだそうです。なんであれ、ものには終わりがあるもんですから、いつかは総理大臣を辞めるでしょう。それがいつのことかは知りませんが。

六月二日に衆議院へ提出予定の菅内閣不信任案に、民主党内の小沢一郎一派が同調する動きを見せて、鳩山由紀夫の一派も同調しようとしました。非常時に於ける与党内のゴタゴタで、「被災者を置き去りにしてなにやってんだ」と、永田町の政治家以外の人間はみんな怒ったりあきれたりしていたが、ＡＫＢ48総選挙の中間発表があった後だったから、永田町の政治家達はそれに影響されていたのかもしれない。

一昨年の衆議院総選挙で民主党は圧勝しているから、自民党の出す内閣不信任案が可決されるはずはない。でも、民主党内には反菅勢力が多いからどうなるかは分からない。しかし、小沢一派はともかくとして、鳩山一派はよく分からなかった。鳩山由紀夫が「私は内閣不信任案に賛成する」と言っても、その一派の議員で「私も賛成」と言った人間はそんなにいなかった。そこで菅が動き出し、手勢をなくした鳩山と会談をして、「その内に辞めるから、内閣不信任案に賛成しないでね」という手打ちになる。結果、民主党の中で自民党の提出した内閣不信任案に賛成したのはたったの二人になって、「あのドタバタ騒ぎはなんなの？」になる。

菅直人が「この人が出てくると話がグチャグチャになる」でしかない鳩山由紀夫を土俵際でうっちゃったのはおもしろいけれども、しかし私には、なんで菅直人があぁも嫌われるのかがよく分からない。

「大震災復興のために、自民党との大連立を」ということは早くから言われて、しかし自民党は「菅とじゃだめ」と拒絶していた。「好き嫌いを言ってないで、日本の復興のために力を合わせたら」とも思うが、「菅じゃだめ」の方が先行しちゃう。そこまで菅直人が嫌われる理由はなんだろうと思うが、私にはよく分からない。

大震災以前から夕刊紙には「菅のバカ、早く辞めろ！」の見出しが躍っていたけれど、「これって、個人的な反感に近くないか？」と思った。菅内閣の無能ぶりが決定的になったのは、尖閣諸島で中国漁船が捕まり、その乗組員が政治的に釈放された事件以来だが、この総理大臣の特徴は「ロクでもないことしかしでかさない」ではなくて、「周りがギャーギャー騒ぎすぎて、なにも出来なくなっている」に近いんじゃないかと思う。

センエツながら私は、菅直人という人はそんなに頭がよくなかろうと思う。そうなっている最大の理由は、おそらく彼に友達がいなくて、「人の話を聞く」ということが出来なくなっているからじゃないかと。

別に菅直人の味方をするわけじゃないが、「菅じゃだめだ」の大合唱は、どうしたらいいのか分からない状況の困難さに対する八ツ当たりかウサ晴らしのような気がする。

というところで終わった話をもう少し展開したのが、次の文章です。困ったことに私は、時々「自分がその文章をどこに書いたのかが分からなくなる」という人間なので、どこかに書いたこの文章がどこに書いたものなのかが思い出せません。悪しからず――。

「戦後」は「戦後」のまま立ち消えになって行く

二〇一〇年に鳩山由紀夫が代表を辞任した後のゴタゴタ騒ぎの中で、菅直人が民主党の新代表――つまり内閣総理大臣になった時、「市民派宰相誕生」というような声はどこからも上がらなかったように思う。私にとってはそれが、「戦後」というものが行き着いた先を象徴するようなものだと思える。

それ以前、菅直人が自民党の橋本龍太郎内閣で厚生大臣になった時は、「市民派大臣誕生」というもてはやされ方をした。菅直人自身もそれなりの存在感を示した。しかし、二〇一〇年に総理大臣になる以前から、党内のゴタゴタは丸出しになり、中国漁船の乗組員が尖閣諸島で逮捕されて中国との関係が悪化し、東日本大震災が起こって、その対処のまずさから「無能」よばわりの嵐が起こって、「辞めろ」「辞めない」の往生際の悪さまで露呈して、結局は辞めてしまった。私はその時期のかなりの間病気で半病人だったので、遠くからぼんやりと眺めていて、「どうしてこういう大変な時期なのに、誰も菅直人を助けてあげようとはしないんだろうか？」と、子供のようなことを考えていた。

その「どうして？」の答だけは簡単に出た。「友達がいないんだ」である。

菅直人の最高のブレーンは彼の妻で、最高の同志も最高の仲間も彼の妻だ。これは、戦後生まれの人間の一つのあり方を示すものだろう。人間の基本単位の一つである「夫婦」が、「夫婦」であることに留まって、「家族」という形で末広がりに発展していかない。子供が出来ても、その子供はすぐに独立して「家族」という単位を形成してくれない。夫婦は夫婦だけで「家族」を構成する。夫婦は「同志」でもあって、そこで相互理解は深まるだろうが、深まった相互理解は周囲との間に微妙な溝を作ったりする。つまり、夫婦は夫婦のまま孤立してしまう危険性を抱えている。そのあり方を総理大臣として大きく広げて見せてしまったのが、菅直人だと思う。

市民運動からスタートして政治家になり、大臣にまでなりはしても、彼に「所属」はない。彼が所属すべきところは「市民運動を形成する市民の党」であってしかるべきだが、そういう政党は存在しない。菅直人と元自民党の鳩山由紀夫が組んで結成した民主党は、「市民の党」的な政党のようにも思えたが、結局は既成政治家の寄り集まりで、だからこそボロボロと欠けて行った。二〇〇九年に民主党への政権交代が実現して、それが当初は歓喜で迎えられたりしたのも、民主党が「既成の政党とは違う市民の党」のように錯覚された結果だろう。

市民運動というのは、硬直化し教条化した既成左翼とは距離を置いた、縛られないライト感覚の左翼で、だからこそ離合集散も当たり前だけれど、「市民」にはもう一つ、そういう思想的色合いとは別の「市民」もある。「近代市民社会」と言われる時の「市民」がそれで、これは「右でもない、左でもない、リベラルな存在」であるはずのものである。

それは、「左右のどちらにも流されず、リベラルな立場を堅持する」というものであるかもしれないが、「あまり面倒なことを考えない結果、右でも左でもない」という「市民」は数がずっと多いだろう。「江戸時代の人間が洋服を着ればもう市民」というようなもので、「大衆」のステイタスが上がれば「市民」になる。戦後の日本人は、第一次産業の従事者の他はみんな「市民」になって、農林水産漁業の第一次産業従事者は高齢化して絶滅の危機にさらされている。労働運動を支えた工員労働者だって、その数を減らし、高齢化し、今や「市民」になっている。非正規雇用の契約社員やフリーターは、「自由な市民」として位置づけられているのだろう。だから、「自分の意思でそれをやっているのだろうから、支援をするというのはおかしい」という、公的機関側の考えも生まれてしまう。

戦後というのは、旧来の考え方から離れて、日本人が「市民」になろうとして、「市民社会」なるものを形成しようとした時代だったはずだ。メディアも教育もその方向へ進んでいて、だからこそ一九六〇年代が終わったら、内実は別として、日本は「市民社会」になってしまっていた。であるにもかかわらず、戦後の日本には「市民の社会」に立脚した政党がない。端的に言えば、日本の社会にサラリーマンの数がどんどん増えて、「サラリーマンが日本社会を支えている」というような状況になっても、「サラリーマンを支持基盤とする政党」がなかった。それは、生まれてもあっさりと消える弱小政党で、「サラリーマンを支持基盤とする政党」がないからこそ、その支持者になるであろうはずの人間達は「支持政党なしの無党派層」という最大会派を形成する。「サラリーマンは会社に所属して会社を支持し、会社は保守政党を支える」という間接民主主義みたいなことになっていたからそうなるんだろう。戦後の日本にあった政党は、戦前由来の「政府系政党」を引き継ぐ保守政党と、左翼政党、それと宗教団体をバックにする中道政党だけだった。

市民の社会は生まれて、にもかかわらず市民の政党はない――だから、市民の社会が生まれたくらいの一九七〇年代の初めは、公害をターゲットとする市民運動の時代で、しかし公害が減少すれば市民運動も衰退する。衰退してもかまわなかった。日本はどんどん豊かになって行ったから。「生活が大丈夫だから、政治なんかどうでもいい」になってしまった。「庶民派宰相」と言われた田中角栄が就任して二年後に、一ジャーナリストの筆による「田中金脈問題」という不明朗な出来事に対して、開き直りのような釈明もろくにせず、さっさと総理大臣を辞任してしまったことや、更にその二年後のロッキード事件で逮捕されて刑事被告人になってしまったことも大きいだろう。「庶民派宰相」は蓄財にも長《た》けていて、それ以前に言われていた「政治家＝悪くて汚い存在」というのが、田中角栄逮捕でピークに達し、そのままうやむやになって終わってしまった。刑事被告人となった田中角栄は「表に出られない政治家」になって、このことによって「日本政治は浄《きよ》められた」というような雰囲気が生まれてしまい、「政治なんかどうでもいい」状況も生まれてしまったのだろう。

バブルがはじけて政治は低迷状態になり、既成政治家の離合集散によっていくつもの新党が生まれ、政権交代も起こったが、それも束《つか》の間《ま》で、二〇一二年末には破綻状態の民主党政治から元の自民党政治に戻り、高い支持率を得ている。それをする日本人の声は「景気をよくしろ」だけで、それ以外はどうでもいいらしい。

なにがへんかと言えば、戦後になって生まれ変わったはずの日本が、それにふさわしい政党を生み出す努力をしなかったことで、だから日本の社会には烏合《うごう》の衆のような市民がいるばかりで、「機能的な政党組織」も「リーダー」もいない。菅直人という「市民派宰相」が孤立して、「市民派宰相」という名さえ奉ってもらえなかったことが、戦後社会と政治のあり方を端的に表している。

日本の「戦後」は、「戦後」という時代区分だけがあって、格別の成果も持たず、ただ立ち消えていく。日本で一番厄介な問題は、戦後社会の日本人のあり方にふさわしい政党が今になってもまだ存在しないということだろう。

「市民派宰相」ということが言われなかったのは、菅直人の不人気の他にもう一つ、「市民派がもうはやらない」ということはあるでしょうね。別になにかが音を立てて崩れたということもないですが、明らかに地殻変動のようなものは起こって、「市民派」というものがマイナーになってしまった。代わって台頭して来たのは、ヤンキー系日本人でしょうね。そういうものがいつの間にか大きな勢力を得て――というか、とうの昔に「市民派」がマイナーになっていたことが顕《あらわ》れて、日本はなんだか分からなくなってしまったのでしょう。というわけでと言うかなんと言うか、二〇一一年末の「週刊プレイボーイ」誌のコラムに、私はこんなことを書いていました――。

日本ではそう簡単に独裁者が生まれない

大阪府知事だった橋下徹が大阪市長になって、大阪市がどうなるかは知りませんが、大阪市の職員は大変でしょうね。当選した新市長は、市職員や教育委員会の人間達に向かって、時代劇風にアレンジすれば「首を洗って待っていろ」的なことを言ったらしい。きっとこの先大阪では「不当解雇撤回闘争」とか、その種の裁判がいっぱい起きるんだろうな（起きたかどうかは知らないが）。

ずるい言い方をすれば、橋下徹が大阪府知事選に勝つのは分かりきっていた。だって、日本にはロクな政党がない。官僚組織もなんだか知らないが、ドローンとしている。二つ合わせた「既成勢力」がどうしようもなくだめだということは、みんな知っている。そこに「改革」を叫ぶ新勢力が現れれば、大体勝てる。日本国民が「改革」を待っていて、「改革」の声に雪崩を打ったようになびくのは、小泉純一郎の時代に証明されていた。

府知事になった橋下徹は、自分のための「新勢力」を作るために大阪維新の会という地域政党を立ち上げて、これを大阪府議会の第一党にしてしまった。「だったらもう安心」で、後は子分に任せて自分は大阪市長に転出する。すごい行動力だ。

「改革」を叫んで当選した知事は、大体議会と衝突する。そこを打開するために「自分の政党」を作っちゃうというのは、橋下徹以前に誰もやっていなかった手法で、やり方としては間違っていない。そういうのを見ると、「ああ、政治だね」と思う。きっと、小沢一郎は橋下徹を支持するだろうと思う。小沢一郎は表に出ない人だけど、なんか似通うものを感じる。

橋下徹に敗れた前市長は、彼のことを「独裁者」と言ったけども、今の日本に、ちゃんと決断出来るリーダーはいない。それがいい決断であれ悪い決断であれ、うっかり決断なんかしちゃうと、あっちこっちから非難が飛んで来る。だから、決断そのものを曖昧にしなければならない。決断なんかをキチンとしたら、「強引だ」と言われてしまう。「決断力がない」と人々が叫ぶ時代にいろいろな決断をする人は、結局のところ「人の言うことを聞かない独裁者」になってしまう。独裁者をあんまり肯定したくないけど肯定せざるをえなくなっちゃった人は、「独裁者は必要悪だ」という言い方をする。その通りだけど、でも悪は悪で変わらないんだよね。

でも、一番悪いのは独裁者じゃなくて、「ああでもない、こうでもない」の結果に独裁者を生み出してしまう人間達なんだけどね。「実行力のあるリーダー」と「独裁者」

の間の線引きは難しい。社会が順調に動いてるときは「実行力のあるリーダー」が簡単に生まれる。でも、社会が行き詰まっちゃったら、当然のごとく「実行力のあるリーダー」は生まれない。なにしろ行き詰まっちゃってるんだから。そこで「独裁者」はピンチヒッター的に登場するんだけど、でも、現代の日本で「独裁者」というものは本当に成立するんだろうか？

独裁者が独裁者としての力を持つためには、武力と秘密という二つの要素が必要になる。だから独裁者に、二つが合体した秘密警察はつきものだ。でも、現代の日本じゃどっちも持つのは困難だ。それで、日本じゃ独裁者が成果を挙げる前に、おおむね、混乱を招いて終わる。

続いては、それから四カ月ほどたった二〇一二年のウェブ版「プレイボーイ」のコラムです。

首相公選制ってなんだ?

いささか旧聞に属するようなことではありますが、橋下徹大阪市長の大阪維新の会が「船中八策」とか「維新八策」というものを発表した当時は、かまびすしかった。「首相公選とか、参議院の廃止などというのは、憲法を改正しなきゃいけないので出来っこない」とかを、政治家のみなさんはおっしゃった。ということになると、「言ってることは正しいが、出来っこないからだめ」ということにもなってしまいますけどね。だったらいっそ、「あいつの言うことに正しいところもあるが、俺はあいつが嫌いだからだめだ」ってことにしちまえばいいのに。日本の拒絶の大半はこうした種類のもんだと思いますけどね。

それはともかくで、今の総理大臣である民主党の野田佳彦も、かつては「首相公選制」を叫んでたんですってね。「首相公選制」はなんかの拍子によく出て来るものなので、私なんかは「だからなに? それがなに?」と思っていたけれども、改めて「改革派市長」の口から言われると、「あ、そうか——」ですね。

首相公選制というのは、国民が直接選挙で総理大臣を選ぶもんですよね。大統領選挙のある国の大統領は公選だけど、議院内閣制の日本は違う。それだけだと「だから？」だけど、地方自治体はみんなその首長を直接に選挙で選び出している。知事とか市長の選挙があって、それとは別にその議会の議員も選挙で選び出している。昔は、その議会の第一党であるような政党に属する人間が自治体の首長になるのが当たり前でもあったから、首長は公選されるにしても、それ以前に議会が首長候補を指名してしまう議院内閣制のようなことになっていた。

それが、知事や市長が政党色を薄くしたり無所属になって「改革派」を名乗るような存在になると、やたら議会と対立をするようになる。市長の側と議会の側と、それぞれにリコール合戦を繰り広げたりね。そういう構図が一方にあっての、「首相公選制」ですね。「首相」と「首長」が似てるから、「総理大臣公選制」って言った方がいいか――。「総理公選制」っていうのは、時々国会議員の口から出てくるんですよね――しかも、不遇な国会議員の口から。だから、野田総理も落選時代に「総理公選制」を主張していたらしい。

自分達で総理大臣を選ぶ一票の権利をもっていながら、「そんな権利いらない。総理大臣は国民が直接選べばいい」と国会議員が言ってしまうのは、どういうことか？　国会議員達が総理大臣を選出するシステムが、きちんと機能していないからですね。「システム」というか、「それをする人間の集団が」というか――。

衆議院の第一党となった政党の代表者は、ほぼ自動的に内閣総理大臣になれる。衆議院で首班指名の選挙をやりはするけれど、こんなものは形式的で、誰が総理大臣になるかは、与党たる第一党の代表者が決まった段階で「決まったも同然」になっている。問題は「政党の代表者を決める」の段階にあって、政党の代表者を決める選挙は、一政党の私的なものだから、問題だらけの揉《も》め事《ごと》の温床になる。なにしろ遠い以前には「代表者を決める選挙」などというもの自体がなかった。代表は派閥の大物の談合で決まっていたから、そういうものを選挙に置き換えたって、根っこのドロドロは変わらない。だから「与党と野党の対立」の他に、「政府執行部と与党内の対立」だって、当たり前に起こる。

「衆議院の第一党が総理大臣を出す」というシステムに問題があるよりも、「政党が自分達の代表を選び出す」というところにまず問題があって、だからこそ、自党内の政争を不毛だと思う不遇な与党の国会議員が「総理大臣公選制」を叫ぶ――国会議員が「総理大臣公選制」を叫ぶ理由は、それ以外に考えられない。

「総理大臣公選制」が叫ばれる背後には、まず「ロクでもない国会議員が多すぎて、そいつらが総理大臣を選ぶ」という現状がある。本当にそうですね。だから、ある提言に対して「いいのか、悪いのか」の論争が起こる前に「出来っこないからダメ」という思考の放棄が国民の方に起こる。国会議員の論戦というものが、おおむね下らないものだから。

この日本で「総理大臣公選制」が考えられる最大の理由は、「アホな国会議員がウロウロしていて邪魔だ」ということなのであろうかと思われますが、その理由を前提にして「総理大臣を国民が直接選ぶ」にしたらどうなるのか？「改革派市長や知事と議会が対立する」という構図を国政レベルにまで広げるだけでしょうね。

問題があるからこそ対立が生まれるので、対立したって別に悪くはない。でも、それが不毛な対立になってしまうのは、どこかに愚かな間違いが隠されているからで、「総理大臣公選制」が叫ばれなければならないのは、「国会議員のレベルが低すぎるからだ」というところに戻るべきだと思いますね。だから、多過ぎる国会議員を減らして、党内で余分なゴタゴタ騒ぎが起こるのを少しでも抑えた方がいいと思う。子分ばっかり集めたがる親分がまともな親分とも思えないから。

昭和が終わった時、私は「政党ってどうやって出来るんだろう？」と考えました。なぜそんなことを考えたのかと言えば、日本に「投票したい政党」がなかったからです。それは私だけでなくて、「自分が投票したい政党はない」と考えている人は大勢いたでしょう。「支持政党なし」という人達は既にある程度以上の割合を占めて存在していましたし。それで、「どうして新しい政党は生まれるんだろうか？」ということを考えたのですが、四年ほどたってその答は出ました。自民党が分裂したからです。分裂の原因は、多分公式的には「不明」です。

それが起こったのは「バブルがはじけた」と言われた年の翌年の一九九三年です。「佐川急便事件」という金にまつわる騒ぎで自民党の副総裁が逮捕され、もう少し広がるかと思われたところで突然「政治改革が必要だ！」という声が自民党内に生まれ、自民党が分裂してしまった。そこで「新しい政党」が生まれたから、「政党はどうやって出来るか？」の答は簡単に出た。「政治家が党を割って新しい党を作ればいい」です。

でも「みんなで辞めようぜ」で新しい党を作ると、どうしても党勢は拡大しない。「みんな」というのは、あまり求心力を持たないものらしくて、だからこそ芯になる大物政治家が必要になる。「みんな」の集合体だった民主党が伸び悩んでいて、だからこそそこに「自分の党」を持っていた大物政治家の小沢一郎が乗り込んで来て、結果、選挙に勝って政権交代が実現される。でも、バラバラに広がる「みんな」と求心力が売り物の大物政治家は、結局のところは水と油で、分離してしまう。「等身大の総理」が登場してしまうのはそういう時代なのだけれど、でも大物政治家の方は、大物政治家であるがゆえに、そういう現実がよく分からない。

「〝みんな〟で集まってもバラバラで、求心力も実行力も生まれない」と思う大物政治家は、「俺がやる！」で率先して自分の政党を作ってしまう。民主党が政権交代を実現し、やがてボロボロになって沈没しそうになる頃には、その傾向が顕著で、政党が個人商店みたいなものになり、政党というよりも「政治家達の思惑集団」のようなものになってしまう。

二〇一二年の冬に衆議院が解散して総選挙ということになると、政治家の離合集散が活発になって、やたらの数の政党が生まれた。この後の『「その他」の人々のために』と『アラブから「民主主義の成果」を思う』の二つの文章は、そんな時期に続けてウェブ版の「プレイボーイ」に掲載されたものです。

「その他」の人々のために

衆議院が解散しましたね。その前からなんか慌ただしかったけど、私は、石原慎太郎が都知事を辞めて新党の旗揚げをするっていうニュースを聞いた時、サラリーマン新党というものがあったことを思い出しました。

おそらくそんなものを覚えている人はほとんどいないと思うんですけど、サラリーマン新党が出来たのはバブルのちょっと前です。『おしん』の放送が始まって東京ディズニーランドが出来た年に結成されて、その年の参議院選挙に二議席だけを獲得して、その後どうなったのか消えちゃいましたけどね。

バブルの時期だから登場したいい加減な政党というのではないですね。既に一九七〇年代から「どうしてサラリーマンのための政党はないんだ」と言う人は言っていて、それがやっとこの時期に登場はしたんですが、でもその時には日本中が豊かになっていたから、今更「サラリーマンの政党」なんてことを言ってもしょうがないんじゃないかということで、パッとしないまんま消えちゃったんでしょうね。

なんでそんなものを思い出したのかというと、石原新党の結成表明によって、「第三極」という言われ方をしていた既成のミニ政党、新政党が、みんな「政治家のための政党」のように思えたからです。「サラリーマンのための政党」は存在しないけれど、「政治家のための政党」は存在する時代なんだと。

大阪市長に由来する日本維新の会は「三百議席を目指す」と初めは言っていたし、都知事の方は「百議席」とか言っていた。「そんな数の議員がどこにいるんだ?」と私なんかは思いましたが、それを言う人達がまた「小異を捨てて大同に付く」という政党同士の数合わせみたいなことをやろうとしていて、それを「第三極」だって言うんだから、解散になったら、既成の政治家はあっち行ったりこっち行ったりをするんでしょうね。政治家のする政治がらみのことを「政治」だと言うんなら、これもまた「政治」ですけどね。

いわゆる「五五年体制」というやつで、自由民主党が出来上がった一九五五年以来、日本の政治は与党の自由民主党と野党の社会党（現社民党）の二大政党の対立構造で出来上がっていた。昔の話ですけどね。自民党は農村部を基盤にして、社会党は労働組合を基盤にしていた。つまり、選挙に行く昔の日本人の選択肢は、「私は共産党支持だ」という人を除いては、自民党と社会党の二つしかなくて、それは「あなたは農業者ですか?」それとも「労働者ですか?」という二択しかなかったということです。日本はまだ江戸時代以来の農業国で、「そこに近代鉱工業が登場して、資本家に搾取される労働者も生まれた」という考え方だけでよかったから、政治の選択肢も二つしかなかった。「私は農業もしてないし、労働者でもないんですけど、〝その他〟という選択肢はないんですか?」ということになると、それは「ない」なんですね。

いまやそんな区別があったということなんか忘れられてますが、労働者は「ブルーカラー」と呼ばれ、サラリーマンは「ホワイトカラー」と呼ばれて、両者は違うものだと考えられていた。労働者は青い作業着を着て現場で働き、原則管理職にはなれない。ワイシャツにネクタイでデスクワークをしているのがサラリーマンで、彼らは出世して管理職になる。サラリーマンは会社側の人間だが、労働者は会社に使われる人間だから「労働組合を作って結束しなければならない」ということになっていたんだけれど、でもこんな区別、サラリーマンが会社の中で組合を作ったら、一瞬にして無意味になりますね。だから、無意味になった。

最早というか、かなり以前から、「ブルーカラーとホワイトカラー」なんていう区別なんかはない。でも、日本には「農業者のための政党」と「労働者のための政党」しかなかったから、選挙で投票するサラリーマンは、「自分はどっちに近いのかな?」と考えて投票するしかなかった。「自分は会社に勤めてるから、ネクタイ締めても労働者に近いはずだ」と考えたり、「自分は会社に勤めて会社のことを考えてる人間だから、昔の地主に仕える小作人に近くて、農業者と考えるべきなんだな」とか。そこには、あまりにも単純な考え方やあまりにも分かりにくい考え方しかなかったんだけれど、選択肢が固定した二つしかなくて、それが動かないから、投票する側が不思議な考え方をするしかなかった。

「選択肢が二つしかないのは問題だ」という現実的な考え方は時々生まれて、一九五九年に社会党を離党したメンバーが民社党を作った。一九七六年になると、自民党を離党したメンバーが新自由クラブを作った。「新しい選択肢を作る」ということは時々行われるけれど、長続きはしない。どうしてかと言うと、「新しい選択肢の誕生」というのが、理念によって起こるものではなくて、おおむね派閥争いの結果みたいなもので、「新しい選択肢を作るための理念」というものがないから。

そういう「理念」みたいな理屈は、ゴタゴタの争いの末に「新しい選択肢」のようなものが生まれた後での後出しだから、説得力がない。既成政党は「既成政党」である分、しっかりと存在していて、だから、そこから枝分かれした新政党は大きくなれずにしぼんでしまう。しかし、最大の既成政党である自民党の求心力が弱まってからは、事態がいささか違って来た。

いまや自民党や民主党からいくつもの政党が分離独立して、その政党名なんかいちいち覚えていられない。それがどんな政党でどんな政治家がいるのかだって覚えられない。最早政党というより個人商店のようなものだから、いっそ「橋下党」とか「小沢党」「石原党」「みんなの渡辺党」とか「立ち上がれ平沼党」とかにしちゃった方が分かりやすいと思う。「太陽の党」になった「石原党」なんて、石原慎太郎一人しかいないところで旗揚げしたんだし。

ボスが誰かということが分かれば、政党なんかどうでもいい。それが現状だからこそ、「小異を捨てて大同に」という声だって生まれるんでしょうね。民主党の分裂騒ぎは、「もう数合わせの政党なんか無意味だからやめてしまえ」というようなことでもあったはずだけど、やっぱり数合わせで「第三極」というものが出来るらしい。

「第三極」が出来るまでには困難があって、出来上がった後でも分裂の危機を抱えている。民主党に起こったことがもう一度「第三極」に起こる可能性はかなり高くて、それがなぜ起こってしまうのかというと、結局はそれが「ボス達の握手」によって生まれるもので、それを生み出す理念を持っていないからですね。

長い間日本人は、政治的な選択肢を二つしか持たなかった。選択肢の方はともかくとして、日本が豊かになって行く過程で、農業は衰弱し、労働組合も力を失って、そのどちらでもないサラリーマンが圧倒的な多数を占めるようになってしまった。今の政党支持率で「支持政党なし」というのが断トツのトップで五〇％に近いというのは、その日本人達に対応する政党がないということですね。

あるのは「そこに所属する政治家のための政党」だけで、「俺たちはあいつらとは違う」ということがその最大の存在理由になっている。だからこそ喧嘩するのに忙しくて、なにも決まらない。

政党にとっての理念というのは、今や「我々はどんな日本人をその支持基盤とするのか」ということと、「その人たちにとって利益というのはなにか」を考えることだと思いますね。選択肢が二つしかないまま豊かになって、その選択肢からはずれた人達が多数派になって、「なんかへんなことになってるけどこのままでもいいか……」と思いながらバブル経済に突入してしまった日本の政党は、「我々の支持基盤はなんだ？　我々はどんな人間達の支持を前提にすればいいのか？」ということを考えるのを忘れてしまった。それで、「リーダー達の都合」にしかならないような状況を生み出してしまった。

普通の人間が簡単に政治家にはなれない以上、もう政治家になっている人達は、「自分を含む政党の支持者は誰なんだ？」ということを考えるべきですね。それをすれば日本の政治も少しは変わる。しなければ変わらない。二〇一四年の末になって安倍晋三はなんだか分からない理由で衆議院を解散したけれど、少数野党が乱立する小選挙区制の選挙じゃ「そんなに負けない」と考えたからでしょうね。「解散した、選挙に負けなかった、私は信任された」の三段論法で好き勝手なことをやられたんじゃたまったものじゃない。そういうことを「野党」をやってる政治家達は考えろよ。

アラブから「民主主義の成果」を思う

やはり二〇一三年の冬のこと、アフリカのマリにイスラムの武装勢力が攻め込んで、マリ政府はフランスに軍事的支援を求めた。するとすぐに、マリの隣国アルジェリアで、別のイスラム勢力が天然ガス田にいる日本人を含めて外国人を人質に取った。そういうニュースを聞いて、前から気になっていたことを思い出した。

「アラブの春」でアルジェリアの隣国リビアのカダフィ体制が崩壊した。ソーシャルメディアの力によって、「みんなが力を合わせて悪い支配者を追い出す」ということは可能になったけれど、同じ「アラブの春」で政権交代を実現させたエジプトでは、新たな支配勢力が複数で登場して、なんだか落ち着かなくなっている。リビアもご同様で、ソ連崩壊後にソ連軍の武器があっちこっちに流出したように、落ち着きがなくなった状況の中で、武装勢力があちこちで台頭して来てしまう。「アラブの春」はいいけれども、「その後」の大変な状況があらわになってしまったのがアフリカ情勢みたいですね（もう一つ言えば、内戦状態になってそこから「イスラム国」を出現させてしまったシリアもまた、「アラブの春」の後遺症ですけど）。

当たり前と言えば当たり前だけど、バラバラの勢力が「悪い支配者」を大同団結して倒す――「小異を捨てて大同に付く」というのは昔から言われていることだから珍しくはない。でも「悪い支配者」を倒した後はどうなるのか？

「悪い支配者を倒すための団結」と、「悪い支配者を倒した後の団結」は質が違う。利害関係がバラバラな人間たちがある目的のために団結して、その目的を果たすと、その瞬間から「団結」の崩壊が始まる。元の「利害関係がバラバラの人間達の複数の集団」に分裂してしまう。それを回避するためには、「団結する目的」の他に「団結の理念」が必要になる。その理念によって、「悪い支配者」を倒した後のシステム運営が可能になる。それがなければバラバラで、再び「団結」以前の小競り合い状態になる。

ソーシャルメディアのおかげで、「目的」を限定した団結は可能になったけれども、「その後を運営する理念」の方はどこかに行ってしまった。「大変な時代になったもんだな」と思う私は、別にアラブや北アフリカのことを言ってるわけではなくて、日本のことを考えてるんですが。だって「悪い支配者を倒すための団結」と「その後のバラバラ」は、民主党による政権交代の時にあったもので、その影響は二〇一四年の解散総選挙にまで続くから。

二〇一二年末の総選挙はとても不思議なもので、自民党に追い風が吹いていたわけではないのに、自民党が圧勝してしまった。「我が党への追い風が吹いていたわけではない」というのは自民党でも認めていて、政権の座に復帰しても、「ここでミスをすれば後がない」と言っていた。「うっかりすればまた野党に転落だぞ」ということではあろうけれど、今度自民党が野党に転落する時の与党というのは、どこなんだろう？　もしかしたら、日本国民にとっても「後がない」かもしれない。

自民党が圧勝したのは選挙制度のせいだとも言うけれど、「第三極」と言われるものがバラバラで大同団結が起こらずに、結果的に自民党の勝利につながったというのが正しいところでしょ。それを言うなら、民主党が圧勝したのだって、同じ選挙制度のせいだ。「どこに入れていいのか分からないので投票に行かなかった」と言う人達が地方にはかなりいて、それで投票率は戦後最低だったりもしたけれど、投票の対象となるような「入れるべき政党」が自民党しかなくなっていたというのは事実でしょう。そしてそれは「相変わらず」でしょう。

では、どうして二〇一二年の総選挙で「第三極」に大同団結は起こらなかったのか？「政党間の政策の不一致」とか言われたけれど、くっつくためには平気で政策の違いを無視して、それで「野合」とか言われてもいたから、大同団結が起こらなかったのは「政策の不一致」のためではないですね。くっつくのなら、そんなところは平気で無視出来た。じゃ、なんで大同団結が起こらなかったのか？　理由ははっきりしている。「小沢一郎の不在」ですね。

「壊し屋」とは言われているけれど、小沢一郎は「くっつけ屋」でもあって、小沢一郎がいてこそ政党はくっつく。一九九三年に小沢一郎が自民党を出てからの日本政治はそういうもんです。小沢一郎がくっつけて、大同団結を実現して、政権交代を起こしている。しかも二度も。「壊し屋」の面ばかり強調されているけれど、日本という国は「小沢一郎なくして政治の大同団結なし」という国なんですね（笑えます）。

その小沢一郎が二〇一二年の総選挙では表に出て来られなかった。太陽の党を作って、そこから日本維新の会の共同代表になった石原慎太郎は「小沢一郎と一緒になるのは死んでもいやだ」と言った。小沢一郎の動きようはまずなくなって、公示前に突然登場した滋賀県知事の嘉田由紀子の日本未来の党に、民主党から別れて作ったばかりの「国民の生活が第一」なる政党を預けてしまった。選挙上手の彼のことだから、「〝生活が第一〟じゃ勝てない。〝卒原発〟を言う女の党首の党なら勝ち目はある」と考えたんでしょう。でも選挙結果は惨敗で、言い出しっぺの代表だった嘉田由紀子が抜けた結果、小沢一郎の「生活が第一」が看板を書き換えて日本未来の党になってしまった。日本未来の党が更に生活の党と名前を変えても、小沢一郎は代表にならなかった。選挙で惨敗した後の日本未来の党に起こった内輪揉めが、「小沢一郎を代表にしろ」「いやしない」であったはずなのに、嘉田由紀子を追い出した生活の党は、小沢一郎を代表にしなかった。

日本未来の党が選挙に負けたのは嘉田由紀子のせいだと言われていたけれど、実際は「小沢一郎がバックにいる政党はいやだ」という有権者の拒否感が大きかったのだろう。そこのところをちゃんと分かっているから、嘉田由紀子に「生活が第一」を預けてから、小沢一郎は表に出て来ない。民主党とタモトを分かってしまった以上、民主党との合流も出来ない。それをしたって、「またァ⁉」とあきれられるだけだ。生活の党の代表を女にして、自分は表に出ないようにしていたのに、「それだけだとなにかいけないことでもあるのかと思われてしまう」とでも考えたのか、でもまたやっぱり小沢一郎は生活の党の代表になった。

あまりこういうことは言われないけれど、平成以降の日本政治は小沢一郎によって動いていた。小沢一郎の「くっつける」という技法なくして、政界の変化は起こらなかった。でも、その小沢一郎が力をなくしてしまった。民主党のドタバタ騒ぎの後では、「小沢一郎の作る新政党」は人の信用を獲得しにくいだろう。だから、この先の日本政治は小沢一郎抜きで進んで行くしかない。ということは、「悪い支配者がいるから、みんなで団結して倒しましょう」のパターンはもう使えなくなるということでもある。この場合の「悪い支配者」は「既成政党＝自民党」でしたが。

これから日本はどうするのだろう？　自民党がだめだったらどうするんだろう？　それを考えるための政党というのは生まれるのだろうか？　数合わせをしたって、その亀裂はすぐに現れるということがはっきりしている以上、数合わせに意味はない。一時的に意味はあったとしても、「団結の理念」がない団結はすぐにバラバラになる。

この団結をバラバラにしない方策が、昔は一つあった。統率力のある強いリーダーを持って、全体をまとめるという方法で、日本維新の会の石原慎太郎や橋下徹はこっちのほうでしょう。でも、二〇一二年の総選挙で日本維新の会への票はそんなに伸びなかった。民主党と同じ程度になってしまった。どうしてかと言えば、「強いリーダーを待望する」という声のある一方で、「強いリーダーなんかいてほしくない」という声もあるから。それが「民主主義の成果」というものでしょう。

「民主主義の成果」という言葉を皮肉にしない方法は、一つしかない。国民の頭がもう少しよくなることだ。「強いリーダーなんかいらない」と言う声を出すのなら、それだけの「責任」が国民の側になければならないはずですがね。

「日本国民の頭はもう少しよくならなければならない」に関連してですが、その以前、二〇一一年の七月頃に、私は「週刊プレイボーイ」誌の連載コラムにこんなことを書いていました——。

杉村太蔵に見る日本の未来

何年か前、お堅い雑誌で日本の政治に関する電話インタビューを受けた。シメの質問で、「誰か注目している政治家はいますか?」と問われて、私は「杉村太蔵」と即座に答えた。もちろん、彼がまだ現役の衆議院議員だった時の話で、言われたインタビュアーは、電話の向こうで「杉村太蔵ですか⁉」と言ったきり絶句して、そのQ＆Aは闇の中に消えてしまった。

私としては別にふざけているわけではなくて、「期待するとは言いにくいが、注目の政治家なら、杉村太蔵だろうな」とマジで思っていたので、その通りを言った。公募のレポート一通で自民党の比例区選出の議員候補になって、二十六歳の若さで当選してしまった小泉チルドレンの杉村太蔵は、順当にいけば「シンデレラボーイ」であってもいいようなもんだったが、あまりにも幼稚な発言を繰り返していたので、政治家としてはまともなものとして扱われなかった。案の定、次の選挙では出番をなくして「元政治家」になり、「あの人は今」的な存在からハイテンションのおかしなキャラを買われて、バラエティ番組の人となっている。

今の人は忘れっぽいから、うっかりすると杉村太蔵を「お笑いの人」と思っているかもしれないが、私はやっぱり「杉村太蔵はどうするんだろう？」と考えている。それは、京都の祇園《ぎおん》で酒飲んで遊んでいる大石内蔵助を見て、「彼には果たして浅野内匠頭の仇《かたき》を討つ気があるんだろうか？」と思っている吉良のスパイの考え方に近い。

私はその初めから杉村太蔵には、さっさと落選してもらいたいもんだと思っていた。落選して、「俺はこのまんまじゃだめだな」と反省して、政治家となるような努力を改めてしてもらいたいと思っていた。「そういうことしてくんないと困るんだよな」というのが、期待ではなくて、杉村太蔵に注目する理由だけど。

相変わらず永田町では「菅はいつ辞めるんだ」というような愚かな騒ぎを繰り返している(そういう二〇一一年の頃でした)。日本の政治のゴタゴタは今に始まったわけじゃなくて、日本の政治がつまらないことでゴタゴタしているのは、「日本にまともな政治家がいて、まともな政党があるのか?」という問題が根本にあるからだ。だから「新しい政治家が出て来なくちゃいけない」という声は起こるけれども、一番むずかしいのは、「政治家って、本当のところどんなもんなの?」ということを、政治家以外の人間が知らないことだ。

知らないから分からない。分からないからなりようがない。となると、まともな政治家を生み出すプロセスとしては、「若い内に一度政治家になり、〝ああ、これじゃだめだ〟と反省し、落選してその後にやりなおす」というものが考えられる。そういう風に考えると、杉村太蔵はまさにそのモデルケースを歩んでいるわけで、期待出来るかどうかは知らないが、日本の未来は杉村太蔵の出来如何《いかん》かもしんない。

前項のような結び方は多分「皮肉」でもありましょうが、その文章とおそらくはどこかで関連するような文章を、その三カ月ほど後の秋になってから、私は「中央公論」誌に連載していたコラムに書きました。次です――。

伝道者の退場

タレントの島田紳助が「暴力団との接触」の事実を自ら認めて、突然引退をした。記者会見が夜のニュース番組の少し前だったから、これを受けて各局はトップニュースの大々的な扱いにしてしまった。自身が中心になるレギュラー番組が週に六本もあって、ある局など、ゴールデンタイムに二本も島田紳助に寄っかかる番組を流していたのだから、大騒ぎもせざるをえないだろう。大騒ぎをして、しかし「島田紳助が突如引退をする」以外は、なんだかよく分からない。

会見に於ける島田紳助の説明によれば、それは「暴力団との交際」ではなくて、「暴力団関係者との間接的な接触」でしかないようなもので、「それだけのことでなぜ引退?」と多くの人が思い、だから「なにか隠していることがあるはず、その事実を探せ」と、メディア関係者は動き出すが、私は「そんなことどうでもいいじゃないか」とどこかで思っている。

私が「なにかへんだな」と思うのは、暴力団関係者との接触が「あってはならない反社会勢力との接触」で、それを自身に認めたらペナルティとして引退が科されるようなものである——そう島田紳助自身は解しているようだが、これを彼の所属会社である吉本興業がどのように考えているのかがさっぱり見えて来ないことだ。

これが「引退」に価するようなものだったら、所属の吉本興業は「罷免」を言い渡してもいいはずだが、それがない。所属会社が罷免を言い渡し、これを受けて島田紳助が「引退します」と言うのなら分かる。あるいはまた、所属会社が罷免でなく「謹慎」を言い渡して、これを受けた島田紳助が「謹慎じゃ不十分なので引退します」と言うのなら分かる。多分、ありうべき構図は、「謹慎処分→引退」ということではないかと思うのだが、どうもそうではない。すべてが島田紳助を中心にして回っている。「所属会社が島田紳助の上にいる」ではなくて「島田紳助が所属会社の上にいる」という構図になっている。

大物人気タレントというのはそういうものかとも思うのだが、この事件の不思議さは「コンプライアンス」なんてことを口にする企業側がなんの口も挟まず、「島田紳助の意思」だけですべてが決められていることなんじゃないかと、私は思う。つまり、この事件というか「騒ぎ」の謎を解く鍵は「島田紳助のあり方」にあるのではないかと。

そもそも「暴力団関係者との間接的な接触」とか「交際」というものは何年も前のことだという。それがなぜ今突如として持ち出されるのか？　私は「島田紳助突如の引退」という話を聞いただけで、「どこかで妬みが働いたんじゃないか？」と思ってしまった。

週に六本ものレギュラー番組を抱える人気絶頂の島田紳助は、どこの調査によるものか知らないが、「嫌いなタレントワースト1」でもあるそうな。まァ、「人気絶頂」というのは、それ以上になると「空回りの過剰さ」が目立ってしまうものだから、「嫌い」が増えるのも仕方がないような気がするが、島田紳助に対する嫌悪はそれだけではないはずだ。「あんな奴《やつ》にヘンに説教臭いことを言われるのがいやだ」と思う人達が、島田紳助を嫌ったのだろう。

たとえて言えば、島田紳助はクラスの中で勉強の出来ない「落ちこぼれ寸前の子供」だった。それがいつの間にか人前に立って滔々《とうとう》と淀《よど》みなく説教がましい口をきいている。いつの間にか「人に慕われるリーダー」になってしまっている。それが「昔の同級生」である「中途半端に偏差値の高かった人間」には堪えられないのだ。島田紳助が得意になって説法をしているのを見ると、自分がバカにされているような気になってしまう

——島田紳助は、そういう存在でもある。思い返せば、大阪府知事になった橋下徹は、島田紳助が司会を務める番組で有名になった弁護士の一人だった。

島田紳助の最近のヒットというか、揺るぎなく「人気絶頂」の座へ至らしめたものは、数年前の「おバカブーム」を作り出したことだろう。知的コンプレックスのようなものを抱えてぼんやりしていた人間の中から「バカ」を引っ張り出して、それを笑いながら「バカ!」と言い切って、「バカと言われかねない自分に不安を感じていた人達」に癒しと救いを与えてしまった。こんなことは、他の誰にも出来ない。島田紳助に信奉者が多いのは当然だろう。昔から、大衆に救いを与えるような人達は、「大衆よりちょっと上か、もっと上」と思っている人達にバカにされるものだが、そういう「大衆への伝道者」はもう消えるのだ。

「おバカブーム」は多くの人に癒しと救いを与えた。そのことは実に大きな功績だが、「おバカブーム」の問題点は、その後に「バカでもいいんだ」という知能の空白状態を作り出してしまったことにある。

これは、島田紳助とは関係ないが、大衆化社会でのビジネス成功のコツは、バカの数を集めることだ。どう考えても、「バカな人間」の数は「バカじゃない人間」の数より多い。「バカな人間」をターゲットとする商品を作れば、その商品は当然数多く売れる。

多くの「バカな人間」を顧客として抱えて、そこに「あなたのためのワンランク上」という上昇志向を付け加えて行けば、当面、商売は失敗しない。その未来がどうなるのかは知らないが、大衆化社会というのは、顧客になる人間の数を求めて、そのレベルをジリッジリッと下げて行くものだ。

だからどうだというと、こわいからこれ以上は言わない。

日本人がバカになったのかどうかは知りませんが、日本人が求めるのが「景気の回復」であることだけは確かです。「ボロボロの民主党じゃだめだ」と思っているところに、安倍自民党は「景気の回復」を強く打ち出して、二〇一二年末の選挙に圧勝し、高い支持率を得た。

ところで、「景気の回復」ってなんなんでしょうね。リーマンショック以後「こんな経済はもう経済じゃない」と思う私には、「経済」というものがなんだかよく分かりません。分からないのはきっと、「経済」というものが私とは関係のないものだからです。

だから「アベノミクスってなんだ？　こっちには関係ないもんだけどな」と思う二〇一三年の初め、「アベノミクスに関係があるであろう人達」のことを、ウェブ版「プレイボーイ」のコラムに書きました。これです——。

ある資産家夫婦の事件で思うこと

「資産家の夫婦が日光でのパーティに出席すると言ってそのまま行方不明となり、やがて殺されているのが発見され、犯人と目される男が逮捕された」という事件があった。なんだかよく分からない事件だが、私はあんまり犯罪に興味がないので、「事件の真相」とかいうのはどうでもいい。ただ「なんかへんだな」と思うところが別にある。

ニュースでは「資産家夫婦」と言って、「日光で予定されていたパーティには男性歌手も出席する予定だった」とかも言われると、「金持ちの年寄り夫婦が演歌歌手を見に行った」みたいな感じになるけれど、その「資産家夫婦」というのはスイスに住んでいるファンドマネージャーとその妻だった。それで私は、「資産家というよりも、成功して高収入になったサラリーマンの一種なんだな」と思った。「行った」とされて実は開催されていない偽のパーティに「出席する」と言われていたのも、きっと演歌歌手なんかじゃないんだろうなと思っていて、「自分はなにに引っかかっているのかな?」と思った。

そんなことを思ったのは「行方不明だった資産家夫婦の遺体発見」のニュースが報じられたくらいの頃で、被害者夫婦の若い時の写真がニュースで出た。「これからサラリーマンになります」か「サラリーマンになったばかりです」という年頃の写真だった。それで、「ああこれは〝資産家〟というよりも、高収入サラリーマン系だな」と思ったのだが、殺された時点で被害者夫婦は五十歳の前後だから、その「以前」ではない現在に近い写真を見ていたら、「ああ、資産家ね」と納得していただろう。

不思議なのは、その若い頃の二人の写真だった。二人は別々に撮られていて、学生か学生時代からそんなに出ていない頃の二人は、不思議な表情をしていた。悲しそうでもなく苦しそうでもなく、ましてや嬉《うれ》しそうでもなく、ただ目許《めもと》が空疎なのだ。

今の五十歳前後の人間は、高度成長の中で育って、大学を出てしばらくするとバブルの波に遭遇する。だからその学生時代に、あまり貧乏の痕跡はない。あまり貧乏ではないが、しかしまだ十分な豊かさに慣れてはいない。「この人達が若かった頃は、そういう微妙な時期だったな」と、「幸福ではない、不幸でもない、なにかが満たされなくて空疎だ」と言いたげな資産家夫婦の若い頃の写真を見て思った。「彼等よりも十年前の学生だったら、顔にもう少しすっきりしない〝影〟みたいなものがあったな」と。

性格に「暗い、明るい」の二分法が持ち込まれたのは、今の五十歳前後の人間達の学生時代で、その二分法は彼等の中から生まれた。つまり、そういう時代だからこそ、みんなが明るい顔をしていたわけではない。それだからこそ、貧乏に由来するような「不必要な暗さ」を、当時の若い人達は払拭したがっていた——ということは逆に、振り払いたい「暗さ」を持ち合わせている人が大勢いたということでもあるけれど。

もう少し貧しさの根っこが残って存在する時代に育っていたら、顔つきだって暗くなっていただろう。でも、その貧しさが薄れてしまった時代に育っても、まだはっきりした「幸福の実感」というのはない。だから、「幸福ではない、不幸でもない」という空疎な顔付きをした学生達はいっぱいいたんだなと、一九八〇年前後の「その時代」を振り返って思う。

そういう人がバブルの上げ潮に乗って、豊かに、幸福になる。「この三十年ばかしはそういう時代でもあったんだな」と、殺された「資産家夫婦」の現在時の写真を見て思う。

複雑ですね。それまでは「なんでもなかった人」が、お金を得ていくことで幸福になる。幸福というのは後天的なもので、だからこそ、そういう人は「後に得た幸福」を失いたくはないんだろうなと思う。「なくなってもいいじゃない。また一からやり直せばいい」と言われても、戻るところが「幸福でもない、不幸でもない、貧しくもなくて空疎なところ」だったりすると、「やり直す」ということが相当つらいんだろうなァと思う。

私がなんの話をしているのかと言うと、実は「経済の話」です。

景気というものが回復すれば、よろしゅうございますね。でも、景気というものが回復しても、経済格差というものは解消しないと思いますね。どうしてかと言うと、景気回復策というのは金融の調節で、「お金の出る蛇口をゆるめればお金が出回って豊かになる」ということになっているけれど、それで出回るお金は「出回る所」にしか行かないでしょう。

「日本の金融政策が緩和の方向に向かった。景気はよくなるはず」で株価は値上がりしているけれど、まだ「はず」だからどうなるかは分からない。どうなるか分かる前に、金を動かす「市場」という所へ金が行って、「なにか」を動かす。実際に景気なんかよくならなくて、金融市場というようなところでだけ金が動いている現実がもう何年も、十年とか二十年とかあって、「経済政策というものは、実体経済にではなく、金融経済に向けて仕掛けられるもの」ということになってしまっている。「普通の人間には関係ないな」と思いかけて、「そうでもないのか」とかも思う。

殺された「資産家夫婦」は、金を動かすファンドマネージャーで、スイスのマンションの最上階に住んでいた。ただのサラリーマンがそうなれるように頑張ったんだから、「普通の人間」でも頑張れば「金が流れて来る最上階の人間」にはなれる。バブル以後の時代に金を積んで豊かになった人達は、その「幸福」を失いたくはないのだろう。そして、景気回復の経済政策は、そういう人の幸福を守るために存在している。そう思うと、とても虚《むな》しくなる。

『資産家夫婦の事件で思うこと』に関連して、もう一つ「経済の話」です。あまり「経済の話」っぽくなくて、範囲を「日本」から「世界」に広げてしまいましたが、二〇一三年の八月には、同じウェブ版にこんなことを書きました——。

話しても分からないような立場の違い

今更の遅ればせですが、三保《みほ》の松原を含む富士山が世界文化遺産に登録されましたですね。「世界遺産ってなんなんだ？」という気がないわけでもないですが、ここはやっぱり「おめでとうございます」と言っておくべきところでしょう。

がしかし、「三保の松原は富士山から四十何キロも離れているので、これを富士山と一つにするのはふさわしくない」と、日本のことにどの程度詳しいのかどうかよく分からない外国人がジャッジするってどういうことなんだろうとは思いますね。初めは「三保の松原を含めない」だったのが、ロビー活動の成果によって、これまた三保の松原をどの程度知っているのかどうか分からない外国人の票によって、「三保の松原を含める」になってしまうのもなんだろうなと。

私は三保の松原に行ったことがあります。なんで行ったのかと言えば「三保の松原」だからですね。三保の松原には天女が舞い降りたという伝説がある。富士山が一望できる。三保の松原と言えば、古来富士山と一体化しているロマンチックなところだから行ってみたいと思って行っただけですが、行った日は曇っていた。富士山の見えない三保の松原の印象は「砂浜が黒いんだな」だけですね。松原としては、佐賀県の虹の松原のほうが私は好きですね（ゴミが多かったけど）。

私は日本人で、三保の松原がどういうところか知っていたから、「行ってみたい」と思っていた。三保の松原というのはそういうところで、日本が富士山を世界文化遺産に登録申請するのに三保の松原を含めるのは、当然だと思う。「文化」なんだから、ロマンチックで一つになっているのは当たり前だと思うけれども、それがなんで「富士山から何十キロも離れているからだめ」になってしまうのかはよく分からない。「三保の松原も世界文化遺産になったからいいじゃないか」というのではなくて、「三保の松原は別」という声が平然と上がっていたそのことが分からない。

「世界遺産」という考え方にそれなりの意味があるとは思うけれども、世界遺産に認定されれば観光客がやって来て、金を落としはしても、環境を破壊したりする。その分を地元が自前でなんとか保持しなければ、世界遺産の認定からはずされる。認定する方は勝手だけど、認定された方はかなりの負担にもなる。いいのやら悪いのやらではありますけれどもね。

世界遺産だけじゃなくて、「よく分からない人達」がなにかを決める世界的なシステムがある。ＩＯＣとかＦＩＦＡとかね。二〇一四年のサッカーワールドカップ開催国となったブラジルで、「ワールドカップ反対」の大規模デモが起こった。「一兆円かけてワールドカップ用のスタジアムを作るんだったら、病院や学校を作れ！」と、サッカー大国ブラジルの人間が言うんだから、大変ですわね。「そりゃもっともだ」とも思いますわね。

サッカーワールドカップの開催地となり、次のオリンピックの開催地となったブラジルは「新興の経済大国」になった。だからワールドカップもオリンピックも開催できるけれども、今や「新興の経済大国」となることは、国内に経済格差を抱えることでもある。

「南米初のオリンピック」であるブラジルの次を目指して、トルコのイスタンブールが立候補して、ここもまた大規模なデモ騒ぎが起こった。トルコもまた、オリンピックの開催国になるだけの経済発展を実現させて、経済格差が起こったからデモになる。東京とマドリードとイスタンブールが、二〇二〇年のオリンピック開催の最終候補地に残り、大規模デモがあった後のプレゼンで、イスタンブールは「治安に関する懸念はないんですか？」という質問を受けず、そこの部分はほとんど問題にされなかったというんだから、すごいな。嫌味なことを言えば、「貧しい奴等がどう考えようと関係ない」と、IOCの上の方の人達は考えてるみたいだし。

イスタンブールとマドリードと東京を並べて、「マドリードのスペインには財政不安の怖れがあるから、東京は最有力候補だ」という声もあったけれど、IOCの上の方はヨーロッパの貴族が中心になっているんだから、プレゼンにスペインの皇太子が出て来て「よろしく」と言ったら、どう転ぶかは分からない。

社会のかなりの部分は「知り合い」という関係で出来上がっていて、「古くからのあり方」を前提にしているセレブの世界なんかは、もちろん「お知り合い」の関係で成立っていて、だからこそロビー活動というものが効果を持つ。そこが、「一見さんお断り」であるような「よそ者が入りにくい社会」であればこそ、「口ききをする人」が重要な意味を持ってくる。オリンピックだってワールドカップだって世界遺産だって。

金持ちは金持ち同士で仲がいいから、その人達が決定権を握っているものに対して、「貧乏人」という部外者の声はなかなか反映されにくい。やっと「一流国」の仲間入りをしたような国のリーダーに、「華やかな国際社会の主要メンバーとして選ばれることと、国内で野放しにされている経済格差の解消と、やるんだったらどっちを優先したいですか?」と聞いたら、建て前としては後者であっても、本音としては前者でしょうね。悲しいけれど、そういうものだもの。

国内の経済格差が解消されない理由は、意外と簡単だと思いますね。国が金持ちに利便を図ってやると、金持ちは金儲けをして国を豊かにするけれど、貧乏人は国に金を使わせるだけで終わってしまう。貧乏人には「補助」がいる。そういう面倒さがあるから、貧乏人にまで金を回さない。

だから「アベノミクスで景気はよくなった」と言う人はいても、社会保障費は上がらない。国にしてみれば、社会保障費は「しょうがねェなァ」と言いたくなるような支出で、「しょうがねェな」と思ってしまうのは、「国をやってる人達」の周りにあまり貧乏人がいなくて、利便を図りたくなるようなお金持ちだけが周りにいるからでしょうね。利益として返って来るような金なら出したいけど、ただ出すだけで見返りのないお金なんか出したくないというのは、金持ちの心理ですから。

貧富の格差を解消するためには、金持ちの収入を抑えて貧乏人の収入を上げるのが必要になるけれど、こんなことに金持ちは絶対賛成しない。「私が稼いで国を豊かにしてやってるのに、なんてことを言うんだ！」と反対されてしまう。アメリカのティーパーティの理屈がそうだ。

昔は「労働力」というものが必要とされていたから、貧乏人はそう存在しなかった。いつの昔かというと、高度成長とかが言われていた昔ですね。でも不思議なことに、企業というのは豊かになってくると、その先で「合理化」を言い出す。「合理化」とは一番金のかかる人件費の削減で、製造現場の機械化が進めば、労働者の数だって減ってくる。貧乏人と金持ちの間に壁が歴然とできてしまったのは、「豊かさを作り出すために必要な人数」が減ってしまった結果だと思いますね。

日本じゃ、非正規雇用労働者の数がどんどん増えている。それをしなけりゃ企業がやって行けないということになっているのか、それとも、「そうすると企業経営が楽だ」なのかは知らないけれど、「働くことによって貧乏を脱する」ということが出来にくくなっていることだけは確かだ。

けれども、日本にゃあまり大規模なデモや暴動は起きないし、起きそうもない。「なんでだろう?」と考えると、かつては「一億総中流」と言われるような事態が出現してしまった日本人だからこそ、「越えられない貧乏の壁」というものが存在してしまっていることにピンと来ていないのかもしれない。タイムラグって、結構大きいですね。ブランド信仰というものが日本人の中に定着したのはバブルの時期じゃなくて、それがはじけた不景気の時期になってからですもの。

「民主的」というのは、「話せば分かるはず」という幻想を広めるけど、「話しても分からないような立場の違い」があったらどうするのかという問題には、あまり対応しませんね。今の世界の困難は、多分「話しても分からない立場の違い」が浮上してしまった結果でしょうが、そうなったらもう解決は、「テキトーなところで手を打つ」しかなくなって、「明確な解決策はない」ということになる。

なんだか救いのないような話だけれど、衝突というのは、固定的な「違う立場」を取った者同士が起こすものだから、「テキトーなところで手を打つ」をすると、固定的な立場を作り上げてしまうことを防止するのには役立つ。「テキトーなところで手を打つ」のはそれほど悪いことではないけれど、人間というのは、すぐに固定的な立場を取りたがるものだから、それも大変でしょうね。

そんなことよりも私は思う。「世界中の金持ちがみんないい人だったら、なにも問題なんか起こらないだろうな」と。

「この章の締《し》め括《く》りに」と、こういう文章があったので引っ張り出して来ましたが、二〇一〇年頃に書かれたと思しいこの『世界が傾いた十年』は、「誰にそんな依頼を受けてこの文章を書いたんだろう?」と考えて、今の私には答が出ません。誰かに「語れ」と言われて書いたんですが、その担当の編集者さんすいません。でも、これをこの章の結びにします。

世界が傾いた十年

二十世紀後の十年、あるいは二十一世紀の十年がなんだったか語れということである。

その十年がどんな十年だったかを語るのは、そうむずかしくはないだろう。世界的に見れば、二〇〇一年九月のアメリカ同時多発テロから、二〇〇八年秋のリーマンショックとその後遺症が、二十一世紀の十年だと思う。日本のそれは、二〇〇一年四月の小泉純一郎政権誕生から、二〇〇九年八月の民主党による政権交代が「二十一世紀の十年」ということになるだろう。ある意味で、とても分かりやすい――「この十年の間に、世界はそのように傾いた」ということがはっきり分かる変化である。

昭和が終わってバブルがはじけて以来、二十世紀末の十年ほど、日本は不景気だった。政治はジリ貧で、この不景気を打開する策を持たなかった。「果たして政治に不景気を打開する力があるのか?」というのは、リーマンショック以来じわりじわりと追ってくる大きな問題ではあるけれど、少なくとも二十世紀末の日本政治のありさまは、「自民党の末期症状」が現れ出たようなものだった。だから、党内主流派からすれば劣勢の、本来ならば「総裁選に出馬しても勝ち目はない」と思われていた小泉純一郎の出番が来た。主流派ではない、「冷飯食い」と言われるような立場にあったからこそ、総理総裁になった小泉純一郎は「私が自民党をぶっ壊す」と言い、これがジリ貧だった自民党への票を集めて、衆議院選挙では圧勝することになる。

「小泉構造改革」が言われ、それが「実現した」――あるいは「スタートした」と思われる郵政民営化実現の段階で小泉純一郎は首相の座を退き、それ以後の自民党政権は、不祥事続きのジリ貧を繰り返すことになる。「私が自民党をぶっ壊す」と言った人が首相になって、その支持率が高くて、その人が辞めた途端、「元の自民党」状態になってしまったのなら、その後の政権交代は当たり前のようなものだろう。小泉政権の誕生は「与党内での政権交代」のようなものだったのだから、「与党に人なし」が明らかになれば、「野党への政権交代」は当たり前のように起きる。

重要なのは、「永久政権」でもあるかのように思われていた自民党に政権担当能力がなくなってしまったことで、「二大政党時代がやって来た」などということではない。「自民党でいいか」と思って日本人が平気で自民党に政権を預けていた時代が終わってしまったということだ。つまり、「他人まかせでよかった時代」が終わったということだけど。

それまでの日本に、「二大政党制」などという選択肢はなかった。「自民党でいいや、しょうがない」という選択肢しかなかった。それでもよかった。でも、その「たった一つしかない選択肢」を日本人は失ってしまった、あるいは捨ててしまったのが二十世紀後の十年で、「捨てるしかないようになってしまったものを捨てた」でもあるわけだから、仕方がないと言えば仕方がない。「たった一つしかない選択肢」を捨てた日本人に、果たして二大政党制という二択は可能でありうるのかと思えば、私には「疑問だ」という答しかない。

小泉内閣以後の自民党の体たらく――一年ごとに首相が三人も代わるという事態を、「自民党の末期症状」「人材不足」と言ってしまうのは簡単だけれども、「リーダーシップのある人間の不在」に問題が置き換えられてしまうと、重要なことが見えなくなるのではないかと思う。

小泉政権下で、日本は一時期「不景気を脱した」と思われていた。もちろん、「そんな実感は全然ない」と言う人も多かった。つまり、小泉政権下では、一時的に「景気がいい」と言える人達が登場したということだ。だからこそ、小泉政権下の日本では「社会の格差が広がった」という言われ方をする。

どうして小泉政権下の日本では、一時的で一部的でありながら、「景気がいい」ということが起こったんだろう？　私はそれを「景気のよかったアメリカの経済にシフトしたから」としか考えない。

バブルがはじけて以後の日本は不景気だった。「物を作る」を中心にやって来た日本は、「物を作る」が無効になってしまった旧先進国のように「金融で金儲けをする」ということが苦手だった。

日本の「物作り」が飽和状態に陥った時、経済戦争に負けたアメリカは、ＩＴと金融にその戦場を変えて、新しい経済戦争の勝者になった。アメリカ風への転換に及び腰だった自民党政治家の中で、小泉純一郎はさっさと「構造改革」を言い出し、アメリカ流のグローバリズムの波に乗った。

アメリカ流グローバリズムの特徴は、その勝者になるためにはやたらの理論、理屈をマスターすることが必要になって、「分からないやつはバカだ」になるところにある。理屈をバカになると敗者になって、その勝者と敗者の開きはあまりにも大きい。理屈をマスターした人にとっては、「富の格差」や「偏差」が生じるのは、「実力主義の自由市場だから当たり前だ」ということになってしまう。

二〇〇一年九月のアメリカ同時多発テロは、その警鐘だろうと思うが、肝心のアメリカは、これを「警鐘」だとは思わなかった。「攻撃に対する復讐《ふくしゅう》」という舵取《かじと》りをして、アフガンからイラクへの戦争へと進んで行く――そして、アメリカ流錬金術は、合うのか合わないのかよく分からない辻褄《つじつま》を求めて、リーマンショックという暗礁に乗り上げる。

一時的かつ一部的な好景気を生んだ小泉構造改革は、まだリーマンショックで破綻しないアメリカ流グローバリズムに乗った。鳩山由紀夫の民主党に政権交代をしてしまった「最後の自民党総理大臣」である麻生太郎は、リーマンショックに足をさらわれた——もしかしたら、ただそれだけのことかもしれない。

リーマンショック以後、世界経済のあり方は、明らかに変わった。最早、世界の中心はアメリカではない。かつての日本のように「物作り」に励む中国が、世界経済の牽引《けんいん》車《しゃ》になった。そして、もう一つの困った問題が浮上する。地球環境のあり方を左右する温室効果ガスの問題だ。

地球環境の悪化を問題にする全世界規模の国際会議で、「削減しなければならない」と分かっている温室効果ガスの削減目標を決められない。オバマ政権になったアメリカは、やっと「ちょっとだけ減らす」と言い出した。世界経済の牽引車となっている中国は、「我々はまだ発展途上国だから減らせない」と言う。総理大臣になった民主党の鳩山由紀夫は、さっさと国連で「日本は温室効果ガスの二五%削減を目標とする」と大風呂敷を広げて大喝采を浴びるが、温室効果ガスの削減を進んで目指すと言える国は、「経済発展という選択から下りた」と言える国だ。

よく考えればそうでしかないのだが、あまりこういう風には考えない。きっと、そう考えたらとんでもないことになってしまうからだろう。

「まだ先進国ではない」と思っている国々のすべてが「先進国並」になってしまったら、

地球環境はもう取り返しのつかないことになってしまうだろう。でも、「まだ先進国ではない国」には、「先進国はずるい！」と言う権利がある（と思われている）。「自分達だけさっさと先進国になって、地球環境を悪化させておいて、その最終段階の責任をこっちに取らせようというのか？　我々には、先進国になってはいけない理由でもあるのか！」という主張をする権利が（おそらく）あると思われている。

地球上で最大量の温室効果ガスを排出する二つの国、アメリカと中国は、どちらも「経済発展」という選択から下りてはいない。アメリカは「一番であり続けたい」と思い、中国は「まだ先進国ではない。先進国になって、世界で一番にならなければ下りるもへったくれもない」と、おそらくは思っているのだろう。こう二つを並べてしまうと、現在のアメリカと中国は、かつて経済戦争を戦っていたアメリカと日本みたいに思えてくる。アメリカは、「一番でありたい」と思い続けて、敗北の結果から、戦場をＩＴと金融に移した。そして、経済の勝者となって、温室効果ガスをどんどん出し続けることを恥じなかった。

先進国は「我が国が一番であり続けたい」と思い、「まだ先進国ではない」と思う国が「先進国はずるい」という理由で温室効果ガスを出し続けるのなら、この打開策は一つしかない。「先進国とされる国」が、揃って「もう先進国はやめたんだ。それをやってると、地球が壊れてしまう」ということを実践するしかないだろう。ヨーロッパと日本が温室効果ガスの削減に熱心なのは、ここが「経済戦争に敗れた旧先進国」でもあるからだろう。

かつての先進国が「経済発展から下りた」という選択をしてしまうと、温室効果ガスをどんどん出して、自然環境をどんどん変えて、物を作ってどんどん輸出し、消費をするという国のあり方が、宙に浮いてしまう。

二十一世紀というのは、そういう形で、十九世紀末の「先進国」という思い込みを崩して行く時代にしかならないだろうと思う。それをしなければ、地球そのものが危ない。そうした点で言えば、十九世紀の後半以来、旧「先進国」の後から追いかけて、一番になって転落して、その後でまた「先進国」の後にくっついて行こうとして大きな壁にぶつかっている日本の現状が大きな参考にはなると思うのだが、どうもこの「窮状」を、日本人はあまり建設的に捉えてはいないらしい。

「こんな状況が建設的になれる状況か」と言われればその通りだけれども、世界は、そういう風に傾いてしまったのだとしか、私には思えない。

Ⅳ　そして今は――

この章が扱うのは「現在」です。民主党政権が明白に傾きかけた二〇一二年の秋と、成立した安倍政権が高い支持率を得続けていた二〇一三年の夏前と、特定秘密保護法が成立してしまった後の二〇一四年の初めと、集団的自衛権の閣議決定が行われた同じ年の七月とに、朝日新聞のオピニオン欄のために書いた四つの原稿を続けて並べます。

みんなの時代

(二〇一二年の)夏の頃、ロンドンオリンピックのメダリスト達が銀座でパレードをしている映像を見て、あることに気がついた。五十万人と言われる人達が集まったそうだが、それだけの人達を熱狂させるのは、どう考えても「国民のヒーロー」ではない。「みんなのヒーロー」と言われてしかるべき人達だ——そんなことに気がついた。「国民のヒーロー」と言われてしまったら、どこかで緊張せざるをえない。しかし、「みんなのヒーロー」ならそんな必要はない。「おーい‼」と叫んで、迎えてくれる「みんな」に大喜びの手を振ることが出来る。沿道でパレードを迎える人達も「一段高いところにいるヒーロー」に手を振っているわけではない。なにか素晴らしいことをしでかしてくれた旧知の友人に再会出来た歓《よろこ》びで手を振っているように見えた。どう考えてもあれは「みんなのヒーロー」のパレードだ。

「国民」という括りが、日本人の中から遠くなっているように思う。竹島や尖閣諸島の問題で、韓国や中国は「国民的な怒り」を爆発させているが、今の日本にそういうものはない。韓国や中国のやり方に対して怒る人はもちろんいるだろうけれど、多くの人は彼《か》の国の反日行動を見て、「あの人達はなんであんなに怒っているんだろう?」と、そのメンタリティを不思議に思うのではないだろうか。どうしてかと言えば、そのような行動をする習慣も、そのようなことをしてしまうメンタリティも、いつの間にか日本人はなくしてしまっているからだ。

だから、日本の「ナショナリスト」と言われるような人達は、まず同朋である日本人の不甲斐《ふがい》のなさに対して怒る。「弱腰外交」という民主党政権への非難はその一例で、「なんでそんなことになったんだ?」という怒りは、「平和ぼけ」という言葉を探り当てる。

「平和ぼけ」と言われてしまえば確かにそうだが、それを言う前に考えるべきことがある。それは、いつの間にか日本人が「自分達は日本国の国民だ」という考えをしなくなっていることである。日本人が日本人であることを意識するのは、外国に行って帰って来てラーメンを食った瞬間くらいのものになっているのかもしれない。日本人の多くは、「日本国民の一人」と思うよりも、「自分はみんなの中の一人だ」と思いたいのだろう。

今や日本は「みんな」の時代に入っていると思う。自民党政権が民主党政権に移行した根本原因は、自民党政権が「みんな」のあり方を理解出来ず、民主党が「みんな」的だったからだろう。

「みんな」は、非常に曖昧な概念である。それがどこの誰かは分からなくても、「みんな仲間だ」と思えば仲良くなることが出来る。「みんな」は無限定で、ただ「みんな」だから、仲間はずれにされた時は困る。「自分はなにかが違うから仲間はずれにされたんだろうが、自分は〝みんな〟となにが違うんだろう?」と思っても分からない。みんなはただ「みんな」で、なにによってその「みんな」が成り立っているのかはよく分からない。

その点で、政党としての綱領を持たない民主党は、いたって「みんな」的な政党だ。綱領を持たないということは、全体をまとめる括りを持たないということで、それは「みんなで考えればなんとかなるんだから、みんなの意見がバラバラになるようなことを考えるのはやめよう」ということを前提にしているとしか思えない（勝手な推測だが）。

民主党政権になってから、政治の世界では「決められない」ということが半分常態化してしまったらしい。与野党間の調整が大変で決められないという以前に、党内がゴタゴタして決められない。「え？　そんな話、俺聞いてないよ」という声が容易に上がって党内に紛糾が起こる。しかしこれは、別に不思議ではない。前提が「みんなで考えればなんとかなるんだから」で、しかしそれは「願望」でしかないからだ。

「みんな」という集団は、そう複雑なことが決められない。それを始めたら意見の違いが露呈して、バラバラになってしまう。毎週金曜日に首相官邸付近で行われていた反原発デモがそうだ。「原発は危ない、原発は安全じゃない」ということにピンときた人だけがやって来る。呼び掛け人はいても、リーダーとか指導者というものはいない。「原発は安全じゃない。だから原発反対の意思表明をしよう」と思う人達が来ているだけだから、もうその段階でリーダーや指導者がいる必要はない。いるのは、混乱を防止するための「交通整理」だけだ。

「みんな」の結集は、ワンテーマでしか起こらない。それ以上のテーマがあったら内輪揉めが起こる。「細かいことを言わないで、みんなの力を一つにしようぜ」というところで「みんな」の結集が起こる。ネット社会になってからそういうことが起こったと思われているが、今から四十年以上前の大学闘争の時代に、既にそうだった。全共闘を名乗る学生の集団が日本中に生まれたが、その大きなムーブメントの中に「思想的指導者」とか「傑出したリーダー」というものはいなかった。それ以前の学生運動には名のあるリーダーはいたが、全共闘の時代にそれはなかった。だからこそ、外部の大人達はこれを「分かりにくい不思議なもの」と思ったが、実はこの頃から「みんな」の時代が始まっていたのだ。

「みんな」の結集はワンテーマでしか起こらない。だから、事態は複雑に思えて単純である。全共闘を結集させたワンテーマは、「非を認めろ」で、各大学それぞれに違う問題を抱えてはいたが、いずれにも共通したのは「大学当局が己の非を認めない」ということで、結果としてそのワンテーマに問題が絞られたからこそ、全国的な動きになれた。

民主党を「みんな」として結集させたワンテーマがなんだったかというと簡単で、「なんだかんだ言わず、政権奪取の実現を」で、だからこそそれが実現した後ではバラバラになってしまう。政権奪取という目標を達成した後にあるのは、各論の具体策である。ここで、「各論を実現させるための全体の枠組作り」が必要になるのだが、「国民」であることを忘れて「みんなの一員」になってしまった日本人と同じように、民主党はその面倒な段取りを踏まなかったらしい。もちろん、そんなことは政権奪取の前にはっきりさせておくべきことだが、「みんな」になった日本人はあまりそんなことを考えなかった。

私は別に「みんな」的なあり方をバカにしているわけではない。東日本大震災の被災現場で大きな力になったのは、ボランティアという名の「みんな」で、日本人はそういう「みんな」を結成出来るところにまで成熟した。しかし、「みんな」の結集はワンテーマで起こって、その出来ることにも限界はあるのだ。政治というものは、その「みんな」では出来ない先のことを実現するためにあるのだ。

「みんな」という結集がある一方、政治の世界にはポピュリズムという言葉がある。これは「大衆迎合の政治」で、だからこそ「みんな」を吸い上げる政治というのはポピュリズムだということにもなる。しかし、それは間違っている。ポピュリズムは、政治家が自分の立場を守るために大衆への迎合を図る、言ってみれば上下関係があることを前提にしたものだが、「みんな」というのは横並びの関係なのだ。だから、上に立つリーダーが力を持ってしまうと、「みんな」という集団にも亀裂が生まれてしまう。

「みんな」を党名に掲げる政党が日本にはあった。「もう〝みんな〟の時代だ」と理解した上でのことだろうが、少数政党のままで苦労して解党してしまった。苦労している理由ははっきりしている。「みんな」というのは、上からの呼びかけで実現するものではないからだ。

「みんな」は、横からの呼びかけで生まれるもので横並びのものだから、実のところリーダーを持ちにくい。持ったら、その段階で拡大は止まってしまう。政党のなすべきことは、「みんな」の声を吸い上げて、そしてその上で政党独自の判断をすることだから、実のところ「みんな」と政治は直接に関われない。関わったら、政治家はシロートだらけになってしまう。

「なにも決められない政治」という状況が続いて、「実行力のある強いリーダー」というものが求められているが、上に立ったリーダーが「私は力がある、私を支持しろ」ということを訴える時代は、たとえそれが丁寧な訴え方であっても、終わりつつある。決断力と同時に「みんなの声を拾い上げる力」が必要で、それは同時に、「みんなと喧嘩しても平気なように信条を持つ」でもある。ただ、「力がある」だけではどうにもならない。

「みんな」も政治家も、もっと頭がよくならざるをえない時代が来ただけだと思う。

批判の声はどこへ行ったか

自民党の安倍政権は、不思議な政権だと思う。

二〇一二年末の総選挙に圧勝して以来、高い支持率を保っている。考えてみれば、「戦後最低」と言われた低い投票率の選挙で成立した内閣が、過半数を大きく超える支持率を保っていること自体が、不思議な現象ではあるが。

二〇一二年の総選挙は、グダグダになってしまった民主党政権の後任を問うようなものであったはずだが、与党民主党の分裂、離党騒ぎが外にも波及してしまった結果、多党乱立の選挙になってしまった。十以上の政党が似たような、そしてそれぞれに違うらしいことをアピールした結果、どこに投票したらいいのか分からない人が投票を棄権して、その人達が選挙の後で安倍政権の支持を改めてしたということなのだろう。安倍政権の不思議さは、安倍政権よりも、これを支持する国民の方にあるのだと思う。

安倍政権が高い支持率を得ている理由はいたって分かりやすい。この内閣がその目標を「景気回復」の一点に絞っているからだ。おそらく国民は、その点で「内閣支持」を表明している。しかし、当の安倍内閣の目標は「景気回復」だけではない。「景気回復」と「憲法改正」の二つがセットとなった目標のはずだ。

それでは国民は、憲法改正をどのように考えているのだろうか？　考えられる選択肢は、「改正した方がいい」「絶対反対」と「よく分からない」の三つだろうが、そこに至る前に「なんでそれを考えなければいけないのだろう？」という気分が大きく立ちふさがっているような気がする。憲法改正に関する考え方で一番大きいのは、「問われれば考えてもみるが、今なぜそれを考えなければいけないのかがよく分からない」なのではないかと思う。

安倍晋三自民党総裁は、二〇一二年の総選挙以前から憲法改正——とくに憲法九条の改正を訴えている。しかし、その支持は内閣支持の割合よりも低い。問われれば「憲法改正反対」であるような人達も、もしかしたら「安倍内閣支持」なのかもしれない。

「憲法九条改正」を言う政権側の声はいつの間にか聞こえなくなって、その代わりに「憲法改正の手続き」を規定する憲法九十六条の改正が言われて、政権側は「これを七月参院選の争点にする」とまで言ったが、憲法改正賛成派も反対派も「過半数を取った時の政権の都合で簡単に憲法改正が言い出されていいものか。時の政権を縛るはずの憲法が、時の政権の自由になるものになっていいものか」と訴えて、結局これは引っ込められた。

憲法改正の議論はもっと大きく扱われてしかるべきものだと思うが、どうも「どこかで起こって、いつの間にかどこかへ行ってしまった」というようなものになっている。そして、憲法改正の議論を持ち出しても引っ込めても、安倍内閣の支持率はそうそう変わらない。はっきりしているのは、日本人の関心が「景気回復」に集中していて、内閣の思惑に反して、「憲法改正」への関心も問題意識も高くはない。安倍内閣を支持する日本人の過半数は、「景気が良くなること」にしか関心がないのだ。

その証拠に「アベノミクス」を言う安倍内閣に対して、批判の声がほとんど上がらない。安倍内閣以上の支持率を誇った小泉純一郎内閣でも「ワンフレーズ・ポリティクス」だの「ワイドショー政治」というような批判の声は多く上がったが、第二次安倍内閣に対しては、そのような批判の声がほとんどない。

この内閣に対する表立った批判の声がほとんど聞こえて来ない理由を考えると、あっけに取られてしまう。「アベノミクス」を言って展開する内閣を批判することは、「あなたは景気回復を望まないのか？」と問われてしまうことにつながるからだ。誰がそれを言うわけでもない。なんとなくそんな雰囲気になっていて、口はつぐまれてしまう——そのような構造になっているとしか思えない。

「憲法改正の必要」を訴えようと訴えまいと、国民の関心は「景気回復の実現性」だけにあって、それを「着々と実行している」とする安倍政権に批判の矢は向かわない。「景気回復の実現性」を訴えられる政党は安倍自民党だけで、既にその内閣が成立する以前に、安倍自民党は新経済政策を訴えて、それに反応して日本国内の株価も上昇の気配を見せていた。

株価が上がり、行き過ぎ円高を是正する円安が進行する限り、安倍政権は批判を免れる。景気回復を第一の主要任務と心得ているらしい安倍首相は、トップセールスで外国へ行く。中東で日本製の原発を売り込み、東欧でも原発の売り込みをする。福島の第一原発の事故以前なら「日本製の原発は安全だ」とも言えるだろうが、日本の原発はもう大事故を起こしてしまっている。それでも日本製の原発を売り込むのは、「以前のものと比べて、現在の日本の原発はもっと安全になっている」と言うことでもあって、これを外国に売り込むのは、「日本の原発は安全だから、現在運転停止中の国内原発をいずれは再稼働させる」ということにつながるはずだが、おそらく安倍首相は「私はそんなことを言っていません」と言うだろう。

日本経済を回復させるために、日本の首相が原発という高額なものの輸出を実現するためのトップセールスをするということは、それ自体悪いことではないだろう。しかしその原発を売り込む日本は、最悪の原発事故を起こした国なのだから、ただ「いい」ではすまないはずだが、原発のセールスをする首相に対して、批判の声はほとんど聞かれなかった。原発を売り込みに行った先のトルコの新聞は、「日本の首相は原発を売り込みに来た」と揶揄《やゆ》したそうだけれど。

韓国や中国との関係が悪化して、そのことにイラついた結果なのだろうが、首相からは韓国や中国を刺激するような「歴史認識」に関する発言が飛び出す。これをアメリカの新聞に「日本政府の歴史認識はおかしい」と批判されて、その結果、発言はおとなしく引っ込められるけれど、この問題で日本国内が大騒ぎになったわけではない——「安倍首相はこう言いました」と報じられただけで、そこに批判の声が湧き上がったわけでもない。

どうやら日本国民は「景気回復」以外のことは全く考えなくなってしまっているらしいが、それでもおかしいのは、安倍内閣への支持率が高くても、その基本の経済政策である「アベノミクス」に対して、全面的信頼が寄せられているわけでもないらしいことだ。

「アベノミクス」に関しては、その初めから「本当に大丈夫なんだろうか？」という声が消えがたくある。しかしそれは小さな騒ぎのようなもので、批判の声にはならない。

どうして批判の声にならないのかと言えば、「アベノミクス」——特にその「第一の矢」と言われる「異次元の金融緩和」なるものがいいのか悪いのか、景気回復に実効性があるのかないのかが、正直なところ誰にも分からないからだ。

だから、値上がりした株が乱高下を始め、円安の事態がストップして逆転を始めれば、「アベノミクス」に対する批判の声が上がる。しかしだからと言って、「アベノミクス」が失敗したとして、それ以外に日本人の望む景気回復を実現させる方策があるのかと言ったら、これまた分からない。安倍首相の失敗を望む声があったとしても、その声の主に「じゃ、景気回復を望まないのか?」と問えば、おそらく「望まない」という声は返って来ないだろう。

国内に多少批判の声が上がっても、それが安倍首相を挫《くじ》けさせるようなことにはならないような気がする。なにしろ日本には、安倍自民党に代わりうる有力な政党がないのだから。

二〇一二年の総選挙に於ける民主党の敗退は、ある事実を浮かび上がらせる。それは、日本の戦後は、その時代に合致した新しい政党を一つも生み出せなかったということだ。結党が第二次世界大戦後のことだからと言って、自由民主党が「戦後的な政党」だとは言えない。戦前からの官僚組織に対して強い親和力を持つ戦前的な政党で、だからこそ、自民党以外の政党はみんな、自民党に敗退し続ける「理屈ばかりで実行力を欠く政党」

になる。そのことを敗退した民主党政権は証明してくれて、「アマチュアに政治は無理だ」ということが理解されてしまったから、野党は再び分散して、多党化が「小党乱立」に変わってしまった。

「アベノミクス」になって、「自民党なら日銀総裁を動かして経済政策が変えられる」と人は思い、テレビに映る自民党の閣僚の顔を見て、「民主党の閣僚は頼りないアマチュアだったが、こちらはさすがにプロだな」と思ったりしているのだろうと、私は思う。そして、そんなことを考えて、もう一度「どうして日本から時の政治に対する批判の声が上がらなくなったのか？」を考える。それはもしかしたら、敗退した民主党政権のせいではないかなどと。

実行力を欠く民主党政権の反動で、政治の世界では「実効性のない理屈ばっかり言っていてはだめだ」になり、だからこそひたすらに威勢のいいことを言う新政党も出現した。安倍内閣の「すぐやる課」的な矢継ぎ早な実行力も、「言うだけじゃだめだ」的な雰囲気の反映だろう。だから、「批判するだけじゃだめだ」という空気が広がって、言論は後退してしまったんじゃないだろうか。

しかし、国民は政治家とは違う。政治家なら「批判するだけじゃだめだ」は通っても、国民に「批判するだけじゃだめだ、対案を出せ」と言うのは無理な話だろう。国民というのは、「政策は政策として、でもなんかへんじゃないの？　その疑問を解決してほしい」と政治家に言う権利を持つもので、政治家はその声を聞いて事態の改善を図るべきものだ。だからこそ、一度野党に転落して「国民の声を聞かざるをえない」と思ってしまった安倍内閣は、したい「憲法改正」に微妙な踏《ふ》み止《とど》まり方をする。

その点で、批判の声はちゃんと生きている。「言うだけじゃだめだ」などという声を怖れずに、言うべきことは言うべきだと思う。言われてしかるべきことが足りないから、なんだかよく分からない状況になっているんじゃないだろうか。誰もが口を開くネット時代になったんだから、もう少し「言うべきことはなんだ？」と考えるべきなんじゃないだろうか。

二〇一四年末のよく分からない衆議院解散で、安倍首相はもっぱら経済政策のことばかり言っていて、理由がよく分からない総選挙の争点を「経済」に絞ろうとしたけれど、争点にすることなんか他にいくらでもあるのだ。

国民は政治に参加しない方がいいのだろうか

二〇一三年の冬に、金にまつわる疑惑から猪瀬直樹前東京都知事が辞任し、新たな都知事を選び出そうとする段階になって、「原発の是非」が都知事選の争点の一つとして浮上してきた。それを浮上させる「反原発」の空気があったのだ。しかし、東京都内に原発は一基もない。だから「脱原発云々《うんぬん》というのは国の施策の問題で、都知事選とは関係がない」という意見もある。都知事選のレベルではそうだろうけれども、しかし「原発反対！」を口にしたい人たちはいくらでもいて、この人たちの声が公式に反映される途《みち》はない。

明言はしないが、日本の首相は原発の再稼働に前向きであるらしく、「原発再稼働に関する国民投票」などというものはどうやら予定されておらず、国会の衆参両院で与党の安倍自民党が安定多数を確保している状況からして、国政選挙が近くに行われる可能性は少ない。だから、原発が一基も存在しない東京の知事選で「脱原発」が争点になれば、そこで「一票を投じたい」と思う人は出てくるだろう。

私が考えるのは、「脱原発」が都知事選の争点となりうるかどうかということではなくて、「あまり関係のないところに批判の票が集まるのが、日本の政治の特徴なのか？」ということだ。

二〇一三年の参議院選挙でも自民党は勝利して、衆参両院のねじれ構造が解消した。

それまでは、与党が衆議院の多数派であっても、参議院の多数派は野党で、だからこそ重要法案がなかなか国会で成立しない「決められない」状態が続いたけれど、考えてみれば、この状態を作り出したのは国民だ。

四年で任期満了の衆議院よりも、三年ごとに選挙のある参議院の方が投票の機会は多い。それで与党のあり方に疑問を持つ日本国民は、参議院選挙で野党に投票する。衆議院選挙で政権交代を実現させる前に、日本人は参議院選挙で与野党逆転のねじれ現象を起こす。自民党政権の時でも、民主党政権の時でもそうだった。余計な勘繰りかもしれないが、日本人は自民党政権を交代させるよりも、自民党政権をそのままにして批判の声をぶつけることの方が好きなのかもしれない。「脱原発」「反原発」を訴える候補者が出てきた都知事選を、「安倍内閣の今後の政権運営の試金石」と言うような考え方があるのを見ると、「これはかつての参議院選挙のような性格を持つものなのか?」と思ったりもして、「日本ではそういう考え方をするのが不思議ではないのだな」と思う。

それは「本丸を攻めずに違うところを攻める」というやり方ではあるけれど、日本の政権与党である自民党は、どうやらこのこと——へんなところで批判の声が渦巻いている、そのことが嫌いらしい。

昨年の暮れに特定秘密保護法が国会で成立したけれど、「問題が多い」と言われているこの法律のどこが問題なのかを、分かりやすく説明出来る人がどれだけいるのだろう？

これに反対する側は様々な問題点を挙げたが、法律論争の常で、それほど分かりやすいものではなかった。おまけに法案を提出する側は、持ち出された問題点に関して、「そんなことはありません」と、あっさりその危惧を一蹴してしまう。「問題はない」と与党側は言うけれど、これを担当する大臣の答は二転三転する。地方で公聴会は開かれたが、その開催翌日に国会の委員会では採決が強行されてしまう。公聴会で意見は聞いたにしろ、そのことが法案に反映されたのかどうかは分からない。「とりあえず聞いたんだから文句はないでしょう」と言わぬばかりのやり方だ。

特定秘密保護法をめぐる状況は「なにかへん」ではあるけれど、私はどこがどうへんなのかは分かりやすく説明出来ないでいた——そのところに大ヒントを与えてくれたのが、自民党の石破茂幹事長だった。「特定秘密保護法案反対！」を訴えるデモが国会周辺に存在するのに対して、「大きな音を立ててるデモはテロのようなものだ」という趣旨をブログで発信してしまった。「テロとは何事」という抗議によってすぐにこれは撤回されてしまったが、私は「日本の政治家はそんなにデモ隊の声が嫌いなのか？」と、いささか不思議に思った。

死亡者さえ出した一九六〇年の「安保反対デモ」を最後にして、過激なデモ隊が国会を取り巻いたことはない。「それなのにこの幹事長はなぜこんな不思議なことを言っているのだろう？」と思って、私はあることに気がついた。それは特定秘密保護法の「性質」というべきもので、つまるところ日本国政府は、国民が余分なことを言うのが嫌いなのだ。「政治のことは私たち専門家に任せて、国民は余分な口出しをせずに黙っていればいいのです」という考え方が、特定秘密保護法を提出する人たちの中にあるのだ。もちろん、そんなことを言ったって、「そんなことはありません」という丁寧な答が返ってくるだけだと知ってはいるけれど。

関係のない人間がいろんな口出しをすれば、「決められない」という事態も起こりうる。それを回避するためには、余分なことを言う人間を排除してしまえばいい——もしかしたら、これがゴタゴタで終わった民主党政権から引き出した日本人の教訓なのかもしれない。少なくとも、政治家にとってはこれが一番都合がいい。

「俺たちが決めるんだから、お前たちは黙ってろ」と言えば暴力的な独裁になるが、「私たちが決めますから、どうか余分なご心配をなさらないで下さい」と言えば、これは「民意を汲《く》んだ親切な政治」にもなる。実際に親切かどうかは分からないが、日本の政治が「余分な発言」を嫌うのは確かなようにも思えた。そして、このことを逆の形で立証してくれる人もいた。小泉純一郎元首相だ。

　去年の秋の頃に、政治的な発言をずっと控えていた小泉元首相が、突如「原発即時ゼロ」を訴えた。「脱原発」の論理として、彼の言うことはそれほど目新しいことではない。にもかかわらず、彼の発言は政治の中枢に大きな影響を与えた。元首相の発言にコメントする内閣官房長官は、明らかにうろたえていた。国会の周りを反原発のデモ隊が取り巻いていて、その状況があったからこそ、石破幹事長はうっかりと「テロに近い」なんてことを言ったのだろうけれど、反原発のデモや特定秘密保護法反対のデモ隊がいくら太鼓を叩《たた》こうと、それは「聞かないけれどうるさいもの」としてしか処理されないのに対して、「身内」であるような元首相の発言は、政治の中枢に激震を惹き起こす。「まるで水戸黄門じゃないか」と思ったが、きっとそうなのだろう。

　反対勢力がなにを言っても聞く耳を持たなくていい――これが日本の政治の根本にある考え方だから、野党がなにを言っても撥ねつけられるし、デモ隊は「うるさいテロ」と一蹴される。発言を通すために必要なのは、まず「身内」になることらしい。「身内」の人物が「首相に物申す」をすると、激震が走る。そのまま水戸黄門だ。

　元首相が立候補した都知事選には、自民党を離党して新党を作った元自民党の元大臣も立候補した（そして当選して知事になった）。その立候補を支援するかどうかで、自民党が揉めた——「あの人は、我が党に後ろ足で砂をかけて出て行った人じゃないか」

と。「親戚一同を裏切ったあいつは許せない」というような声が政治の世界で公然と上がるのは、すごい。私は「無党派層」と言われるもののなにがどう問題だったのかがよく分からなかったのだけれど、政治というものが「身内」という概念によって成り立っているものだと考えると、なぜ「無党派層」なる区分が立てられて問題にされたかが分かる。政治の無党派層とは、俗な言い方をすれば、「親戚付き合いをしない、今時の困った若い者」なのだ。

じゃ、与党の人間にとって「野党」というのはどういうものなのか？　それは「よそ者」であり、「勝手なことを言って家を出て行った奴等」で、「民主主義だからあいつらがいるのもしょうがないが、なんであんな奴等の言うことを聞かなきゃいけないんだ」と思われるような存在なんだろう。一頃、与党と野党の大連立という話もあって、「そんなことをして政党の別というのはどうなるの？」と思ったけれど、「政治は身内によって運営される」という考え方に従えば、大連立というものは「みんなが身内になればなんの問題もなくなる」というもので、政治の世界で「身内」というものは、「身内になってしまえば反対の声が起こる余地のない集団」であり、「身内なら、話せば分かる」ということが信じられるという、特別な集団であるらしい。

「政治家は有権者の顔色を窺《うかが》っている」などということが言われるが、その一方で政治家は、反対意見を持った国民を「身内」とは思っていない。そう考えると、特定秘密保護法の性質もはっきり分かる。あれは、「私たちに任せておけばいいんです。国民は余分な心配をしなくてもいいのです」という法律で、私がこんなことを言うこと自体が、「余分なことをお考えにならなくてもいいんですよ」に該当することではあるのだろう。

民主主義で国民の政治参加は必須だけれど、いつの間にか「民主主義を野放しにしてしまうと、まとまるものもまとまらなくなってしまう」という状況になってしまっているようだ。ひどい言い方をすれば、「民主主義の結果、日本人はバカばっかりだ」という考え方が知らない間に一般化して、政治家が「私たちに任せておけばいいのです。あなたたちは、私たちを支持していればいいのです」と囁きかけるようになってしまった。でもそれは、「国民の政治参加」とは言わない。「国民の政治的動員」という、民主主義とは違うところで起こるもので、黄門様や黄門様の発言で揺れる将軍様のいる政治は、やはり現代のものではないはずだ。

「議論の仕方」をもう一度

「集団的自衛権の行使は、憲法解釈上可能である」ということが、政府の与党間協議で確認され、閣議決定もされました。そうなると、「なんとなく危ないような気がする」と思って「集団的自衛権行使反対」を口にする人も増えたように思えますが、でも、与党間協議で「一致」ということになる一週間や二週間前だったらどうでしょう？「集団的自衛権についてどう思いますか？」とか、「集団的自衛権の行使について、どう考えますか？」と尋ねられた時、日本国民はどう答えたでしょう？ 私は、その答で一番多かったものは「分からない」だったろうと思います。

そもそも、「集団的自衛権」という言葉がよく分かりません。「憲法解釈上、集団的自衛権は行使出来ない」というのが歴代内閣の見解でしたから、日本国民には「集団的自衛権とはなんなのか」ということを理解しておく必要が、まずなかったのです。だから、「集団的自衛権の行使をどう考えるか」の以前に、「集団的自衛権ってなに？」になってしまうのです。

そういう日本国民を相手にして「集団的自衛権行使の必要」を訴えるとなったら、よほどの説明が必要になるはずですが、「集団的自衛権行使」に関しては、その説明自体に問題があるのです。

特定秘密保護法の時には、政府側の説明が曖昧でよく分かりませんでしたが、今度の集団的自衛権行使の問題では、「集団的自衛権の行使とはこういうことです」と説明されても、その説明された例がすぐに変えられて、「なにかを説明はしているのだが、なにを説明しているのかよく分からない」になっていました。

「この問題を考えて下さい」と言われて例を出されて、考えようとするうちにその「例」がどこかへ行ってしまう。学校の授業なら、「分かったら次へ行きます」とか、「分からなかったら置いて行くぞ」というような段取りを教える側が踏みますが、集団的自衛権の説明にはそんな段取りがありません。分かろうとしても、出された問題例がいつの間にか違うものに変えられているので、「考える」ということが無効になってしまうのです。考えられないような形で説明を展開して、それで「考えろ」と言っているようなものだから無理です。

五月になって安倍晋三首相はわざわざパネルまで持ち出して、「集団的自衛権の行使とはこういうこと」と説明する記者会見を開きました。その時に出された例は、「他国で紛争が起こり、そこにいた日本人がアメリカ軍の艦船で脱出した場合、公海上にまで出たその船を、日本の自衛隊が護衛をしに行くことが出来なくてもいいのか？」というものでした。「それが集団的自衛権の行使です」とは言わなかったけれど、いかにも「集団的自衛権の行使とはそういうことです」と言うようにしておいて、その上で「他国と共に日本が軍事力を行使することはない」とも言いました。それが六月の終わり近くになると、もう「軍事力行使の可能性」が公然と問題にされるようになります。

私としては、集団的自衛権の行使について、即座に「反対」とは言えません。なぜかと言えば、多くの人が言うように、もう国際情勢が大きく変化してしまっているからです。

南シナ海で中国船に衝突されるベトナム船の映像が、公開されました。南シナ海における中国の強引な海洋進出に悩まされているのは、フィリピンも同じです。だから、アメリカのオバマ大統領は「ベトナムとフィリピンが結束して中国と対峙《たいじ》するなら、アメリカはその支援をする」と言いました。そうなったら日本はどうするのでしょう？

尖閣諸島のある東シナ海で、日本はフィリピンやベトナムと同じ問題を抱えています。そういう日本は、南シナ海におけるベトナム、フィリピン、アメリカ対中国の抗争に対して、知らん顔をしていてもいいのでしょうか。「中国船に衝突されたベトナム船の映像」が公開されたのは五月です。今の時点で「集団的自衛権の行使」が検討されるのなら、その例題となるのはまず南シナ海の問題でしょう。でもその「例題」は五月の記者会見で口にされただけで、その後はほとんど取り上げられていません。

それがなぜなのかと言ったら、「そんなことをしたらとんでもない大事になるから」でしょう。中国が黙ってはいません。「集団的自衛権の行使が日本の安全を守る抑止力になる」と言う人もいますが、一方では「集団的自衛権を行使しないことが日本の安全を守る抑止力になる」という考え方だって出来ます。議論をするのだったら、この点を議論してほしいものだと思いますが、しかしそれを言っても事の本質には届きません。なぜかと言うと、「集団的自衛権の行使容認」で、政府は国民や国会議員の間に議論が起こることを求めてはいずに、「国民に説明すること」だけを考えているからです。

政府は「憲法解釈上、集団的自衛権の行使は可能である」という立場に立ってしまいました。それが「可能」であるのなら、「これも集団的自衛権の行使である」と言うことだけで、どんなことでも出来てしまいます。「軍事力の行使はしない」と言っていても、問題は「する、しない」ではなくて「可能かどうか」なのですから、「可能だ」と政府が判断しさえすれば、いともあっさり軍事力は行使されるでしょう。問題は、国民がそんな内閣を支持するかどうかですけれど。

一番の問題は、「安倍内閣が憲法解釈を変えて、集団的自衛権は行使可能である」としてしまったことであるのかもしれませんが、これまでの歴代内閣が「集団的自衛権は行使出来ない」と憲法を解釈していたのである以上、「時の内閣が憲法の条文を解釈する」ということ自体は、理論上なんの問題もないことになります。「集団的自衛権の行使容認」は、与党間協議とか閣議決定なんかをする以前の、「憲法はそのようにも解釈出来る」と時の政権担当者が言ってしまった段階で決まってしまったも同然なのです。国民に出来ることは、それを政権担当者が言った時に内閣の支持率を下げることだけだったのですが、そういう動きはありませんでした。国民の関心は相変わらず「景気の上向き具合」だけなのかもしれません。「集団的自衛権の行使は可能である」と憲法解釈を変更してしまった以上、時の政権担当者がするのは、「集団的自衛権を行使するのはこういうことですよ」と説明するだけで、「集団的自衛権が行使出来るか、それをしていいのか」という議論をする必要なんかありません。「憲法解釈変更」の段階で、その議論をする必要がなくなっているのですから。

必要なのは説明だけで、しかもその説明は、説明をする側が「もう説明をした」と思ってしまえば終わりです。国民の声を聞く必要も議論をする必要もありません。六月の国会での党首討論の場で、民主党の海江田万里代表が安倍首相に対して「あなたは質問に答えない」と言いました。「やっとそのことに気がついたのか」と私は思いましたが、「質問に答えない」というのは、次のようなことです――。

「集団的自衛権の行使」を説明する首相の記者会見を受けて、五月の参議院外交防衛委員会で、「他国で紛争が起こった時、その地域の日本人がアメリカ軍の艦船で脱出する場合」という例に対して、民主党の議員は「他国で実際に起こった紛争の例」をいくつか挙げた上で、「安倍首相が取り上げた例はどれほどリアリティーがあるのか分からない」という趣旨の発言をしました。これに対して安倍首相が反論をするのなら、「私の持ち出した例は十分にリアリティーのあるものだ。なぜならば――」という形であってしかるべきですが、安倍首相は「様々な事態に対処するため」と前置きして、「最初から『こういう事態はない』と排除していく考え方は、『嫌なことは見たくない』と言うのと同じ」という答え方をしました。

　よく考えるとその発言は、「自分が持ち出したケースにはリアリティーがない」と安倍首相自身が認めているようなものです。なにしろその件に関しての答はないからです。にもかかわらず、すぐその後に「嫌なことは見たくない」と言うのはよくない」と筋違いの続け方をして、答弁は続いていきます。

　尋ねられたことに対して向き合わない。その代わりに近似した別の「自分の思うこと」だけを話して、議論が終了したことにしてしまう。なにかは話されたけれども、しかし疑問はそのままになっている。

「なんかへんだな？」という思いが残るのは当たり前ですが、どうやら日本人は、そのこと自体を「おかしい」とは思わなくなっているらしい。少し前までなら、「答になってないぞ！」というヤジが飛んだようにも思いますが、いつの間にか日本人は「答になっているかどうか」を判断することを忘れてしまったようです。

「集団的自衛権行使に関する与党間協議」を見ていると、日本の議論は、「説明する側の一方的な説明」だけがあって、しかもそれが「これはどうですか？　これならどうですか？」と選択肢を広げられる値引き交渉に近いものだとも思われます。いつの間に日本人は「議論をする能力」や「議論として成り立っているかどうかを判断する力」を失ってしまったのでしょうか？　もしかして、集団的自衛権行使云々よりも、日本人がまともに議論する能力を持っていないことの方が由々しいことだと思います。

なぜ集団的自衛権は必要なんだろう

『「議論の仕方」をもう一度』——新聞掲載時のタイトルは『「議論」を忘れた日本人』でしたが、これを私が書いた後で、「集団的自衛権行使容認の閣議決定」を終えた安倍首相は記者会見をして、「これで日本の安全は保障されました」という趣旨のことを言いました。その発言で記者会見場が騒然としたわけでもなく、報道でも「大問題の発言」というようなことが言われませんでした。私は一人で「ええッ!?」と思っただけです。

　集団的安全保障というのは、どこかの国との軍事同盟ではありませんし、「よその国が日本に対して軍事行動を起こした時、別の日本と仲のいい国が助けてくれる」というものでもありません。「日本がよその国と一緒に軍事行動をする」というのが、集団的自衛権です。「集団的自衛権を行使するとよその国が日本を守ってくれる」ではありません。それなのにどうして「これで日本は安全です」になるのか、わけが分かりません。

　安倍首相は、集団的自衛権というものをそういうものだと思っているのでしょうか？それとも「むずかしいことがよく分からない日本国民はそれで騙《だま》せる」と考えているのでしょうか？「これで日本は安全です」と言われてなんの反論も起こらなかったのだから、日本人はちゃんと騙されてしまったのかもしれません。もしかしたら、そういう感じ方をすること自体が、「私一人の勘違い」なのかもしれませんけれど。

私には集団的自衛権の行使に関する危惧はあります。しかし、一番の危惧は「集団的自衛権の行使」そのものよりも、「集団的自衛権の行使は可能である」とする総理大臣の言うことがあやふやだということです。

「集団的自衛権の行使」とは、どう考えても「よその国と一緒になって戦争をすること」です。「よその国と一緒になって日本を守る。日本を守ってもらう」ではありません。それだったら、日米安全保障条約があります。「それだけじゃだめだ。日本は独自の軍事力を持たなければならない」と考える人がいたって、「集団的自衛権の行使」はそれともまた違います。

「既に日本には自衛隊という軍事力があって、その軍事力をもって他国と共同で軍事行動に当たる」というのが、「集団的自衛権の行使」です。だから、「これは集団的自衛権の行使だ」と言えば、日本とは全然関係ないところへ自衛隊が行って、他国と一緒に軍事行動が出来ます。そのことと「日本の安全」がどう結びつくのかはまったく分かりません。

「集団的自衛権行使」の分かりにくさはその一点にあって、だからこそ「これで日本は外国で戦争が出来ます」と言いづらい総理大臣が、「これで日本は安全です」と言って、平気で通ってしまうのかもしれません。だって、「日本が外国で戦争をする」とか「外国と戦争をする」と言ったって、具体性が全然湧きません。「どこで？」で「なんのために？」で、その軍事力の行使が「日本のあり方」とどう結びつくのかが、まったく想像出来ないからです。

「一体どこへ行って日本は戦争をしたいんだろう？」と考えて、その先に思いつくことは一つです。日本は、国連の安全保障理事会の常任理事国になりたがっています。自民党政権ではかつて常任理事国になることを「悲願」としていました。安全保障常任理事国だと、きっと「ウチには軍隊がないんで、海外派遣は出来ません」とは言えないのでしょう。邪推ですが、「安全保障理事会の常任理事国入り」ということは、「日本でのオリンピック開催を！」に似た、グローバリズムの一流国願望でしかないように思います。

日本が国連安保理の常任理事国入りすることは、「イスラム国を空爆する」に参加するのに近いようなもので、「イスラム国からの危険を防ぐ」ということになると見事に「集団的安全保障」ですが、キリスト教国でもない日本が、キリスト教対イスラムのつまらない宗教戦争に巻き込まれる必要なんかまったくないですけどね。

でも、「世界の一流国はみんな軍事力を持って〝世界平和の敵〟と戦っているんだから、日本だってそういう一流国にならなきゃいけない！　なりたいんだ！」という声は、きっとどこかにありふれて存在するんでしょう。だから私は、「一流国志向のグローバリズム」が嫌いなんですけどね。

安倍首相の曖昧さは、二〇一四年末の衆議院解散でもっとひどくなったようです。「消費税を一〇％に上げるのを先送りする」ということと「衆議院の解散」がどう関係あるのか、まったく分かりません。「集団的自衛権の行使容認」の方が、よっぽど国民の審判が必要な重大事案で、「消費税一〇％の先送り」なんていうのはそれこそ「そんなもんそっちでさっさと決めろよ」で、そんなことに何百億円もの選挙費用をかける必要があるのでしょうか。それに関する説明は、ほとんど言い訳の連続のようで、一国の首相に「それであんたはなにをしたいの？」と言いたくなります。

ついでに「憲法改正」についてです。『現代用語の基礎知識』から、「憲法のこと、どう考えてますか？」というアンケートが来たので、私は次のように答えました。

そんな議論はしない方がいい

憲法改正というと、どうしても第九条の問題だと思っていた。しかし、自民党の改憲草案を知って、そういう問題ではなかったんだと気がついた。憲法改正というのは、日本国憲法を大日本帝国憲法に近づけようという動きだったんだと、自民党草案の第一条にある「天皇は、日本国の元首」という条文で思った。

第二次世界大戦が終わって大日本帝国憲法の改正という問題が浮上した時、一番の問題は天皇の扱いだった。ポツダム宣言を受け入れて終戦を迎えるというその時でも、最大の問題は「国体の護持」――つまり旧天皇制の温存だった。今となってはそんなことが忘れられて、憲法問題をそこまで遡《さかのぼ》って考えるのは、改憲派の人間だけだろう。そこにこそ憲法改正の要点があるはずなのだから。

天皇を日本の「象徴」ではなく「元首」にしてしまうと、国旗や国家は「国民のもの」ではなく、「天皇のもの」になってしまう。だから自民党草案では第三条第二項に「日本国民は、国旗及び国歌を尊重しなければならない」が新設される。「そうでしょう？」と尋ねて「そうです」という答が返って来るとも思わないが、だからこそ現行憲法にはない「全て国民は、この憲法を尊重しなければならない」という条項も付け加えられる。現行憲法でその「尊重の義務」を負うのは、国民ではなくて、行政、立法、司法に関わる人間だけで、現行憲法は国民ではなく政府を縛るものだし、そもそも憲法とはそういうものだ。

自民党草案には「自分達が憲法を変えて、その憲法に国民を従わせる」という姿勢が明確にあって、だからこそ「国民の基本的人権」を保障する現行憲法の第九十七条が、自民党草案では丸ごと削除されている。「そこが一番の大問題だ」と言っても、そういう抽象的な総論は今の日本人にはピンと来ないのだろう。そこを突つき出すと、「基本的人権とはなにか」という、今の日本人にとってはむずかしすぎる話になってしまう。だったら、「憲法改正なんて知らない」の無関心のままでいるのが一番いい。知らないまま、憲法改正の国民投票に「NO」の一票を投じればいい。なにしろ、今の日本人には、「議論の仕方」が分からなくて、それをいいことにして、憲法を改正したがる人間は「焦点の合わない説明」をいくらでも展開するはずなのだから。一番重要なのは、「なんでそんなことをしなきゃいけないのか分からない」という頑固でバカな姿勢を貫くことだろう。

私は、なんで憲法を改正しなきゃいけないのかが、分かりません。


最後です。二〇一一年の秋に「myb」という小さな雑誌に書いた文章を再録させてもらいます。言っていることは、この本の最初にあるものと同じですが、忘れてはいけないことを忘れてはいけないので、やっぱり「同じようなこと」で終わります。

超悲観論者の物思い

東日本大震災が起こった直後の頃、私は楽観的に構えていた。楽観的に構えなければ、その被害の凄《すさ》まじさに呑まれて思考力がなくなってしまうような気がしたし、頭を巡らせて悲観的になるほどの体力がなかった。私にとって、考えるということは体力を要することで、大震災発生当時も、そして現在も、私は病気療養中の身なのだ。楽観的になるべきだと思い、楽観的になるしかなかったけれども、そう思いながら「事態は十分すぎる以上に悲観的でありうる」と感じ続けてもいた。

大震災の以前から、日本は危機的状況にある。大震災の被害の大きさに目を奪われて、そうした前提を束の間忘れてしまったようだが、二〇一一年三月十一日の東日本大震災は、諸々に危うくなってしまっている日本に起こって、その危うい前提状況は消え去っていないのだ。

二〇一〇年秋の中国漁船の尖閣諸島の領海侵犯事件以来、日本の政治はあってなきが如《ごと》しの最低レベルになっている。「菅直人の無能」にすべてをなすりつけようとしても、そうはいかなかった。その以前の民主党の代表がどうしようもないから菅直人に政権が委譲されたのだし、更にその以前、自民党の政権がどうしようもないと思われたから、民主党への政権交代が起こったのだ。

「政治がどうしようもない、政治はなにをしてるんだ」と多くの人に思われるのは、景気浮揚がうまく行かないからだ。「リーマンショック」以来の不景気という言い方は当たり前にされるが、リーマンショックが起こったのは、それ以前に世界経済が健全な形で動いていなかったからだ。不況から脱出出来ない日本経済は、その世界経済の中にあった。

「経済があまり健全ではない」という状況は、不健全な生活を続けている人間に危機的な大病が忍び寄っているということで、先進国と言われる地域では、多くの国が借金によって国民の生活レベルを維持している。その結果の財政破綻が、日本を含む世界各国に忍び寄っている。

地球全体がおしなべて不景気であるというのだったらまだしもで、中国の経済発展を代表例として、成長するところは成長している。そして、その経済成長が世界全体を引っ張っていかないところが問題だ。

急激な経済成長は、貧富の格差を大きくしている。それは中国だけの問題ではない。日本だって、生き延びられる大企業は収益を増やして拡大し、その一方で弱者はどんどん切り捨てられて行く。「地方の疲弊」はとうの昔から言われていて、地方と都市の格差はどんどん広がって行く。かつては、その広がって行く格差が国のバラまき政策によって埋め立てられていたが、果たして今の日本にそれをする余裕はあるのかと言ったら、「更に借金をする」という手段以外にない。

地方は疲弊し、過疎化し高齢化する。高齢化はもちろん都市部にも起こって、その結果、都市部にも虫食い状態の過疎化は起こる。そしてそうなって、社会保障費だけは増え続ける。これらの問題をなんとかしなくちゃいけない時に、東日本大震災は起こったのだ。

津波による大被害、更に「世界最大規模」と言われる、地震による土地の液状化現象。原発事故による放射能被害。これらを修復するには、どれくらいの金がかかるのか？　支出だけは目がくらみそうになるほど大きくなる一方で、原発事故をきっかけとして、原子力発電を続けることの危険も大きくなっている。膨大な支出を必要とする以上、経済活動を盛んにして収入の増大を見込まなければならない——そうであってしかるべき時に、「電力不足」というマイナス要素が登場する。原発を止めたとしても、電力を生み出すための代替エネルギーはそう簡単に準備出来ない。我々は「経済成長」というものを人質に取られたも同然なのだ。

東日本大震災から立ち直るために、我々は大きな借金をしなければならない。借金で儲かるのは貸し手ばかりで、借りた側はそれをいつか返さなければならない。だから「増税」を言う声もある。しかし我々は改めて、その「借金」について考えなければならない。高度成長からバブル経済までの間、我々日本人は借金をすることを恥とも苦とも思わなくなった。「借金をすることが出来るのは、豊かさの証明である」という風にさえ思った。経済が成長して行って、順調に借金を返せるのであれば、これは「真」でもある。でも、その前提条件が崩れてしまえば、万事休スでもある。

たとえば、津波の被害に遭って市街地がほぼ壊滅状態になった地域では、どのように復興が考えられるべきなのか？　阪神淡路大震災では、地震の被害に遭って倒壊した建物を撤去して、その地に新たな市街地の再建が起こった。しかし、東北の津波の被災地はそういうわけにはいかない。

「千年に一度」と言われるような大津波なら、当分襲ってこないかも知れない。しかし、地震はまた起こる可能性があって、津波も起こる可能性があり、大津波の被害に遭ったところでは、地盤沈下を起こしている——そういう地域でどのような再建を考えるべきなのか？

いずれまた来るであろう大津波とその後の被害を前提にして——「そのことによって失うものはある」という覚悟を前提にして、堤防を築き、元の市街地を市街地として復活させるのか？　あるいは、津波の被害に遭った地域を捨て——そこを空地のままにして、高台へ集団移転をするのか？　元々リアス式海岸で平地の少ない地域だから、山を削って住宅地を新たに造成するというところから始めなければならない。そしてそれは、かなり以上の時間と、とんでもない費用がかかる。そして、漁業を主産業とする地域で、住民の生活拠点が海から離れてうまくいくのか？

歴史の答は、どうやら「集団移転」ではない。災害に遭ったその地に再び生活拠点を築く——そのたびに新しい注意を加えながら。だからこそ、土地には長い生活の歴史がある。「倒れてもまた立ち上がろう」という意志を含んだものを作り上げることこそが、復興の真意ではなかろうかと思う。「倒れてもまた立ち上がる」という意志を含めて、次の世代に伝えられるような地域創りこそが再建ではなかろうかと思う。長い間、人は生きながら「次の世代に伝える」ということを、当然のこととして考えていた。それが、この数十年の間で消えた。だから、人はバラバラになった。

人は時として自然に負ける。そのことも受け入れて、それでもまだその地に生きて、その地を次の世代に伝えていく――この失われてしまった根本原則を蘇《よみがえ》らせなければ、東日本大震災からの復興はむずかしいと思う。そしてそれは、被害地域だけに限定されない日本全体の――もしかしたら、世界全体の問題だと思う。

あとがき

この本は二〇一一年から二〇一四年にかけて、あちこちの雑誌や新聞――と言ってもそうそう「あちこち」ではないのですが――に書いた私の原稿を集めて一冊にしたものです。これで、同じ雑誌に連載していたものを本にするのなら、それなりに一本の筋は通っていますから、そうむずかしくはありません。しかし「あちこち」になると、面倒です。重複もありますが、いろいろな方向からスポットライトを当てたようになって、重複よりもその「スポットライトが当たっていない空白」が目立ちます。そういうものをそのまま本にしても中途半端なものにしかならないので、そういう原稿を寄せ集めて本を作るとなると、「本としての構成」を考えて、書かれてはいない「書かれてしかるべきこと」を書き足さねばなりません。そういうめんどくさい作業があることを知らない人は、「もう原稿の量はあるから簡単でしょ」なんてことを言いますが、簡単じゃありません。「本を作る」とか「本にする」という作業は、面倒な作業なのです。

愚痴はともかく、この本の元になっている原稿は、「その時」という現場に居合わせたリアルタイムの声です。時間が経過してしまえば、状況そのものが分かりにくくなるので、その分の補正はしました。また逆に「書かれた当時」を問題にして、「その後に起こった新たな展開」をあえて無視したところもあります。

この本の中には「今の時点で見た過去のあの時」と、「過去の時点で見たその時の〝現在〟」が混在していて、「現在」さえも混入しています。「時間軸を整えるために時間軸が混乱している」という分かりにくさもあるかもしれませんが、時間というのはそもそも重層的なもので、だからこそ「未来を見るためには過去をシミュレイトする」という面倒なことも必要となるのです。めんどくさいこと言ってますが。

私は政治評論家でもなく経済アナリストなんかでもないので、この本はそういう人達の書いた本とは違います。私は「時代とか社会というものは、人間行為の集積だ」と思っているので、この本の中には「へんなもの」も混入しています。「あちこち」に書いたものの中にはもっと違う質のものもあったのですが、そういうものを入れてしまうともっと分かりにくくなるのでやめました。

この本は「東日本大震災から憲法改正まで」を論じる本ですが、それは私が論じたいからではなくて、私と関係ないところでそういう動きが起こっているからです。だから、私の態度は一貫して「なんで?」です。なんでだか分からないけどへんなことばっかりが起きて、それが「時間の流れの中でなにかを選択し続ける人間のあり方」ではあるらしいです。

この本の最後の方では「イスラム国」も登場して、私は便宜上「キリスト教対イスラムのつまらない宗教戦争」と言ってしまいましたが、そこに「宗教」はあっても、「イスラム国」の問題は「キリスト教対イスラムの宗教戦争」ではないと思います。あれは、「もう宗教をそんなに必要としない程度に豊かになった国のある種の人々」と、「国境を越えて存在する宗教に拠《よ》らなければならないあまり豊かではない人々」の対立によるものだと私は思います。

イスラムのあり方を日本に分かるように言うと、「江戸時代であると生きやすい」というのがイスラムで、そこに「近代」はあまりない。「イスラム国」とかイスラム原理主義にとっての「異教徒」というのは、「近代化によって宗教から離れてしまった人達」のことで、キリスト教徒のことではないように思います。もちろん「イスラム国」の方じゃそんな考え方はしていないだろうとは思いますけど。

私は、政治は政治、経済は経済、宗教は宗教というように、それぞれを別箇の独立したものとして考える気のない人間なので、「イスラム国」の問題も「宗教に擬装された別の問題」のように考えてしまうのです。

うっかりこんなことを書くとまた余分な仕事を増やしそうな気がするのでやめますが、

それが「宗教戦争」であるのなら、「イスラム国」と対立する宗教は、全世界を覆おうとする「グローバリズムの近代化」でしょう。それを「宗教」だと思うと、経済発展を信じている人の頑固な変わりのなさというのも分かるような気がしますが、しかし我ながら、「へんなあとがきだな」とは思います。

文庫版のあとがき

この本は、二〇一四年の十二月に刊行された同タイトルの単行本の文庫版です。

本来なら、右のようなことは文庫版の最後のページに編集者が書いて、私は「ああ、そうですか」とも言わずに黙っていればいいのですが、この文庫版では「単行本が出てから二年半がたっているので、〝その後のこと〟を書き加えてくれ」と編集者に言われ、「え⁉　そんなことやんなきゃいけないの?」とも言わない私は、「ああ、そうですか」と書き始めたわけです。そういう意味でここは「文庫版のあとがき」ではなくて、「文庫版のおまけ」です。

実のところ私は、あまり売れない書き手なので、出版社側から「こっちの言う通りにしろ」と言われると、黙って従うしかないのです。そうしないと、もう本を出してもらえないんじゃないかと思ってしまうのです。

右の発言に嘘がまじっていないのかと言われると、まじっているかもしれませんが、この本の『バカになったか、日本人』というタイトルが私の意思でつけられたものでないことは確かです。

初めに私が考えたこの本のタイトルは、もっと穏健なものでした。それがなんだったかはもう忘れましたが、そのタイトル案を見た「上の方」か「横の方」が、「もっと強いタイトルにしろ」と言って来たので、こういうすごいタイトルになってしまったのです。だから、出来上がって来た本を見た瞬間、私は「ああ、目が痛い、目に刺さる」と思ってしまったのです。

私はそんなにストレートな怒り方はしません。本文を読んでいただければお分かりいただけると思いますが、本書の文章は穏当で丁寧です。だから、乱暴である代わりに、底意地が悪いのです。私はずっと前から「日本人はバカだ」と思っているので、この本が出る段階で「日本人はバカになった」などとは思いません。「バカだからしょうがないな」と諦めているので、怒りもせず丁寧で、意地が悪いのです。

今これを書いている私の横では、文庫版の担当編集者が「誰がそんなどうでもいいこと書けって言ったよ！」と、机を叩《たた》いて怒っています。嘘です。もうかなりの間、楽屋落ちギャグをやっていなかったので、ちょっとやっただけです。でも、下らないことが意外な重要性を持っているのは確かです。

『バカになったか、日本人』が刊行されたのは、二〇一四年の十二月です。どういう時期かというと、衆議院を解散して総選挙になるという手前です。安倍内閣にとっては二度目の総選挙で、そこで誕生したのが前回に続いて当選した「魔の二回生」というアホ議員です。後になって愚かしさを露呈しても、この段階ではバレていません。大体、この二〇一四年末の解散総選挙がなんのために行われたのかというと、大方の人は忘れていて、私もまた「なんだったっけ？」と思うくらいのもので、いたって印象が薄い。

後になって、特定秘密保護法を国会で通過させちゃったのが、この総選挙の一年前の十二月で、総選挙後の二〇一五年に集団安全保障を容認して、その他なんだかよく分からないことを決めた——「よく分からない」というのは、その法案の趣旨を説明する首相の言うことが二転三転して「なに言ってんだか分かんねェじゃねェか」だったからですが——その「安保関連法案」が国会の委員会で強行採決されたから、うっかり逆算して考えると、二〇一四年の解散は「安倍晋三がなにか危険なことを企んだ上でのことで、国民はバカになっていたから、危険を予測することなく自民党を大勝させた」と思われかねませんが、実はそうじゃなくて、二〇一四年末の衆議院解散理由は、「消費税アップの延期の是非を国民に問う」だったんですね。忘れてたでしょ？

本来だったら、消費税は今頃一〇％になっていたんですよね。消費税の税率をアップしなければ日本の国家財政はピンチになるという前提あってのことですが、アベノミクスというやつで日本の景気をアップしたい親分としては、ここで消費税をアップしたら国内消費が落ち込んで「失政」と言われることになってしまうので、「一時延期」を言うんですね。

あの方の癖なんでしょうな、消費税率の引き上げ延期を発表する時、「この先に再び引き上げを延期することはないと、皆さんにお約束いたします！」と大見得を切ってしまう。覚えてます？　私は「ホントかよ」と思いましたが、その初めに切らなくてもいい大見得を切って、そのために後に自縄自縛に陥り、無茶な強行突破をするしかなくなってしまうというのが、二〇一七年になっての森友、加計《かけ》両学園に関する不明朗疑惑ですね。

「私はなにも関わっていません。もしそんなことがあったら、私は首相も議員も辞めますよ」と、国会で言ってしまう。初めにそんなことを言って退路を断ってしまったから、その後で「ちゃんと説明しますよ」と言ったって、説明が説明にならない。「説明とは、相手の理解に届くようにするものである」というのが本来のところ、「当人が〝説明した〟と思ったら、それでもう説明責任は果たされる」という、とんでもないところに行ってしまう。

国の中心がそんなところに行ってしまって、国民が「そうなのか——」と思ってしまえば、「日本国民総バカ化計画」は完了ですが、「共謀罪を作って不快な奴等《やつら》を監視しよう」という計画はあっても、「日本国民全員をバカ化しよう」などという計画はなかったでしょう。シャンパングラスをピラミッド状に積み上げて、一番上のグラスに「バカ水」をタプタプドクドク注いで行くと、一番下までバカの水浸しになるという、ホストクラブ現象の一つだと思いますね。

「日本じゃ政策論争なんかやったって票に結びつかない」なんてことを申しますが、それは日本人にとって「状況」というものが空の雲みたいなもんだからですね。見上げりゃ「状況」というものはあるかもしれないけれど、地面で暮すこちとらには関係がない――というようなもので、流れて行く雲が厚くなって大雨が降り出したら騒いで雨宿りもするけれども、そうでもなかったら、空の雲なんか捕まえようがないからどうともならない。「空の雲から降り出す雨」というのがなんのことかと言えば、そのたとえばの一つが増税ですね。だから、「消費税率引き上げ延期の是非」を問うた二〇一四年末の解散総選挙は自民党の大勝となった。増税で喜ぶ人なんか、国税庁や財務省の人間以外にはまずいませんから。

それで、日本の国家財政のピンチをネグレクトした後――二〇一五年から二〇一七年七月初めの「都議会議員選挙での大敗北」に至るまでの二年半は、雪が降り積むように日本人の上にバカが積り、根雪となってしまった時期なのかもしれません。根雪の上に二〇一七年七月の新雪がドサッと積ると、表層雪崩の危機ですものね。

その明白なるバカ化が露見するターニングポイントは、二〇一六年ですね。六月に、イギリスが国民投票でEUからの離脱を表明してしまう。十一月になると、「バカの真打」とも言うべき人がアメリカの大統領になってしまう。この年の六月に私の書いた『福沢諭吉の「学問のすゝめ」』（幻冬舎）という本も刊行されるんですけど、その本の帯の背には《バカを撲滅》としっかり印刷されている。私のしたことじゃありませんけど、福沢諭吉は「啓蒙の人」で、「啓蒙」とは「バカを撲滅すること」でもあるから、そう間違っちゃいませんが、ここら辺りから「バカになってんじゃないのか？」という、私ではない、編集者の怒りがマグマのように上がって来るみたいですね。

二〇一七年の二月に出た、私の『たとえ世界が終わっても』（集英社新書）の帯には、《「世界がバカになっている」時代に染まらないために》としっかり印刷されている。それから三カ月後の五月には『知性の顚覆』（朝日新書）が出ますが、ここには《日本人がバカになってしまう構造》というサブタイトルが付いている。私が付けたんじゃないですよ。「こういうサブタイトル付けていいですか？」って言われて、こう見えてあまり刺激的なものが好きではない私は、「やるの？」と消極的ながらも反対の意を示したんですがね（私は売れない書き手なので、出版社の圧力には弱いんです――特に営業からの)。

そして、七月になって運命の「自民党都議選で大惨敗」の日がやって来て、安倍内閣の支持率が大幅に低下する。

でも、この→文章に騙《だま》されちゃいけませんよ。都議選後の世論調査で安倍内閣の支持率は大幅に下がったけれども、ということは、そうなる前には「大幅低下」を可能にするだけの高い支持率を保っていたということですね。だから、都議選前の世論調査では、都民ファーストの会と自民党の支持率はそんなに開いていなかった。つまり、「日本人はバカになってる」と言われても、多くの人はそう思ってなかったということですね。

もしかして、ここで私は「バカが安倍政権を支持する。安倍政権を支持するのはバカだ」というようなことを言ってるみたいですが、うーん、残念ながらそうかもしれません。なにしろ都議選後の世論調査で、安倍内閣の支持率は大幅に下がっても、自民党の支持率が大幅に下がったわけでもないのですから。都議選の投票日前日に初めて町に出て、秋葉原で候補者の応援演説をしようとした総理大臣――ではなくて自民党総裁が、「安倍辞めろ!」の大合唱の前でヒステリックな排他的本音を発してしまったように、「安倍辞めろ!」の声が都議選の票に結集してしまったんですね。

都議選での自民党の大敗と、その後の安倍内閣の支持率急降下は、「我々はあんなものを支持していたのだろうか?」という、投票者側の覚醒のようなものだと思うのですが、そういうことになると、都議選投票日前の六月末頃には、「あ、これじゃだめだ——」と有権者に翻意をうながすような「なにか」があったのだということになります。ですね? では、それはなんなんでしょう?

この本のⅢの「大震災までの日々」の中で、十年前の二〇〇七年夏の参議院議員選挙での第一次安倍内閣のぼろ負けのことを語っています。語っているのは私ですが。

この時に、安倍晋三先生はなんだかんだ言って辞めなかった。辞めたのはそのすぐ後で「やたらと下痢をしちゃう病気」にかかったからですが、ではその安倍政権が参院選で負けた理由はなにか?

それは「相次ぐ閣僚の不祥事」だったんですが、そういうものは「一時大騒ぎするだけで、わりと簡単に忘れられるもの」ですね。首を切られて「更迭」ということになると、きれいさっぱり忘れられる。だから「相次ぐ閣僚の不祥事」であっても、「これぞ!」という決定打がなければ大打撃にはならない。そして、二〇〇七年の夏にはこれがあった。一〇三ページにある《バンソウコウを貼った不祥事閣僚》ですね。

「赤城」という姓のまだ若い農林水産大臣が(二世議員ですがね)、政治資金かなんかの問題で「疑惑を追及される」という事態に至った。そういうのはね、さっさと「すいません」と言って辞めてもらわないと、面倒臭くてかなわない。こっちが「恥を知れ！」と思っても、向こうはあんまり知ってくれないので、ついちまちました細かい追及になって、「なにが悪いのかよく分からない」状態になってしまう。若き赤城くんもそうなりかけたんだけども、何回目かの釈明会見に、彼は顔に大きなバンソウコウを貼って出て来た。

当然、記者の方から「どうしたんですか、それは？」という質問が飛びますわね。それは、傷害事件による傷なんかではなくて、大きなおできが出来たというようなもんだったんですが、その会見の映像を見てしまった圧倒的多数の日本人は、「こりゃだめだ」と思ってしまった。

バンソウコウはバンソウコウで、なんにも悪くないんですよね。でも、その選挙に於ける自民党大敗の原因は、「赤城くんのバンソウコウ」なんですね。「そんなバカな」と言ったって、日本の現実はそういうもんなんだから仕方がない。

たとえば、二〇一七年の都議選の応援演説で、「私は防衛大臣です。自衛隊は私ののですから、私の応援する自民党候補をよろしく」というような、とんでもない上にわけの分からないことを言った稲田朋美防衛大臣が、後に記者団に取り巻かれた時、顔に大きなバンソウコウを貼って、「厳粛に受け止めます」をバカの一つ覚えのように繰り返していたら、「憲法問題」もへったくれもなしに、「こりゃだめだ」の引導《いんどう》を全国民から渡されていたでしょうね。バンソウコウにはそういう効果がある。政治学者の人は「日本政治に於けるバンソウコウ現象」を研究されてもいいんじゃないでしょうかね。

がしかし、二〇一七年の夏に、香典袋みたいなドレスが好きな稲田防衛大臣はバンソウコウを貼って出て来なかった。その代わり、「このハゲー!!」に始まる凄まじい女の罵声が響いた。

東大の法学部を出て高級官僚になった末に自民党から出て衆議院議員にはなったけれども、上昇志向の袋小路にぶつかって身動きが取れなくなって八つ当たりをするしかなくなっていたとしか思われない、哀れな豊田真由子という議員は、安倍内閣の閣僚なんかじゃない。都議選とは関係ない、地盤が埼玉県であるただの「魔の二回生議員」でしかないけれども、「都議選大敗の戦犯の一人」ですね。「こんなもの放送で流して、放送倫理委員会は問題にしないのか?」と言いたくなるくらいのひどい声で、分かりやすいという点では最大の戦犯ですが、これはもう立派なバンソウコウ効果ですね。ついでに本書Ⅱの「あ、東大法学部だ」をご参照いただけるとありがたいですね。

バカが極限まで進むと「バンソウコウ現象」が生まれてしまうのが日本ですが――と言って、「トランプがバンソウコウ貼って出て来ないかな」ともチラっと思います――

でも、そこまで行かないと「バカ」に気がつかないというのは、どんなもんでしょう？　自分がバカだと、他人のバカに気がつけない。

日本人の多くは役に立たない理屈を平気で口にするようになったけれど、「自分がなにを言ってるのかよく分かってない」というのは、バカなんですね。それでまァ、『バカになったか、日本人』というタイトルに戻るんですけどね。

あ、忘れかけた。もう「再度の消費税率引き上げ延期」はやらないんですよね。「どうせ嫌われてるんだ、国家の為に身を挺して、消費税率を上げてから辞めてやる！」っていうのが、正しい政治家のあり方ですね。忘れずに税率引き上げて下さい。そして私達の生活は苦しくなるのですが、ところで、アベノミクスってなんだったんでしたっけ？

初出一覧

Ⅰ無用な不安はお捨てなさい（新潮新書『復興の精神』11年6月刊）
大雑把なことなら見るだけですぐに分かる（単行本時書き下ろし）
時間の流れについて（朝日新聞出版『一冊の本』13年4月号）
人の心を勇気づけるもの（中央公論新社『中央公論』11年6月号）
Ⅱすべては人のすること（集英社『週刊プレイボーイ』12年2月13日号）
福島第一原発一号機のメルトダウン（集英社『週刊プレイボーイ』11年6月6日号）
原発ってお湯を沸かす所だったんだ（集英社『週刊プレイボーイ』11年6月13日号）
原発よりも厄介な人間たちの問題（集英社『週刊プレイボーイ』11年6月20日号）
「初めに結論ありき」という考え方（集英社『週プレNEWS』12年5月7日）
あ、東大法学部だ（集英社『週刊プレイボーイ』12年1月9日号）
日本の議論の進め方（集英社『週プレNEWS』12年7月10日）
多分忘れる、絶対忘れる（集英社『週プレNEWS』12年7月25日）
分からないものを読む能力（集英社『週刊プレイボーイ』12年1月30日号）
Ⅲ大震災までの日々（単行本時書き下ろし）
菅直人はなんであんなに嫌われるんだろう（集英社『週刊プレイボーイ』11年6月27日号）
「戦後」は「戦後」のまま立ち消えになって行く（みやび出版『ｍｙｂ』13年12月1日刊）
日本ではそう簡単に独裁者が生まれない（集英社『週刊プレイボーイ』11年12月19日号）

首相公選制ってなんだ？（集英社『週プレNEWS』12年4月5日）
「その他」の人々のために（集英社『週プレNEWS』12年11月19日）
アラブから「民主主義の成果」を思う（集英社『週プレNEWS』13年1月29日）
杉村太蔵に見る日本の未来（集英社『週刊プレイボーイ』11年7月4日号）
伝道者の退場（中央公論新社『中央公論』11年10月号）
ある資産家夫婦の事件で思うこと（集英社『週プレNEWS』13年2月13日）
話しても分からないような立場の違い（集英社『週プレNEWS』13年8月6日）
世界が傾いた十年（毎日新聞社『本の時間』10年3月号）

Ⅳみんなの時代（朝日新聞社『朝日新聞』12年9月28日朝刊）
批判の声はどこへ行ったか（朝日新聞社『朝日新聞』13年6月29日朝刊）
国民は政治に参加しない方がいいのだろうか（朝日新聞社『朝日新聞』14年2月5日朝刊）
「議論の仕方」をもう一度（朝日新聞社『朝日新聞』14年7月8日朝刊）
なぜ集団的自衛権は必要なんだろう（単行本時書き下ろし）
そんな議論はしない方がいい（自由国民社『現代用語の基礎知識2014年版』13年1月刊）
超悲観論者の物思い（みやび出版『myb』11年9月1日刊）

集英社文庫

バカになったか、日本人《にほんじん》

2017年9月25日　第1刷
2019年10月23日　第3刷

定価はカバーに表示してあります。

著　者　橋本《はしもと》　治《おさむ》

発行者　徳永　真

発行所　株式会社 集英社
東京都千代田区一ツ橋2-5-10　〒101-8050
電話　【編集部】03-3230-6095
【読者係】03-3230-6080
【販売部】03-3230-6393（書店専用）

印　刷　図書印刷株式会社

製　本　図書印刷株式会社

フォーマットデザイン　アリヤマデザインストア　　マークデザイン　居山浩二

ISBN978-4-08-745638-7 C0195